独学 日本語 系列
本書內容：入門

附CD

あいうえおかきくけこ

簡單
日語五十音
的王道

三民日語編輯小組　編著

おうどうはこれだ！

しすせそたちつってて

跟吃蘋果一樣簡單

三民書局

國家圖書館出版品預行編目資料

簡單日語五十音的王道／三民日語編輯小組編著.—
—初版一刷.——臺北市：三民，2008
面；　公分

ISBN 978-957-14-5088-9　（平裝）

1.日語 2.語音 3.假名

803.1134　　　　　　　　　　　　　97016200

ⓒ　**簡單日語五十音的王道**

編 著 者	三民日語編輯小組
企劃編輯	李金玲
美術編輯	李金玲
校　　對	陳玉英
錄　　音	吉岡生信　今泉江利子
發 行 人	劉振強
著作財產權人	三民書局股份有限公司
發 行 所	三民書局股份有限公司
	地址　臺北市復興北路386號
	電話　(02)25006600
	郵撥帳號　0009998-5
門 市 部	(復北店) 臺北市復興北路386號
	(重南店) 臺北市重慶南路一段61號
出版日期	初版一刷　2008年9月
編　　號	S 807420

行政院新聞局登記證局版臺業字第○二○○號

有著作權·不准侵害

ISBN　978-957-14-5088-9　（平裝）

http://www.sanmin.com.tw　三民網路書店

序

　　本書的書名是「簡單日語五十音的王道」，為什麼如此定名呢？這裡的「王道」是日語，日語有一句勵志的話，直譯成中文是「學問無王道」，意思是做學問沒有捷徑。「王道」可以譯成「近路、捷徑、簡易的方法、輕鬆的做法……」。

　　本書是日語入門學習書，取名為「簡單日語五十音的王道」，純粹是因為這本書真的既簡單、又好學。

　　簡單，是因為書中所有內容都是專為初級入門者量身訂作而撰寫；**好學**，是因為你真的～真的～真的找不到比本書更有趣又實用的五十音學習書。

　　學習要講求方法，每個人的訣竅不同，某部分還得靠天份。但是，人人都對有趣的事感興趣，如果這有趣的事還很實用，那不管是任何人，學習起來想必都是事半功倍。

　　「學問無王道」提示世人，學習必須按部就班。而《簡單日語五十音的王道》則是要以內容證實——快樂學習就是王道。

　　願本書引領你快樂走入日語學習的世界。

三民日語編輯小組

2008,9

五十音基礎篇

簡單上手

簡單上手
第1步

對日語的文字、發音、
音調先要有基本認識！

文字

■ 日本文字有假名以及漢字，假名是日本人創造的文字，漢字則是借用中國字。

わたしの　日本語
假名　　　　漢字

■ 假名是表音文字，和英文字母一樣，是由一至多個假名組成有意義的單字。

英文　boring
日文　つまらない

■ 假名同時也是音標，漢字的讀音就是用假名標示。

只標假名　ほん

標出漢字　本（ほん）

■ 假名依字形與用途又分平假名與片假名，但兩者的讀音完全相同。

平假名 みかん 音同 片假名 ミカン
(橘子) (橘子)

■ 平假名使用範圍廣，與漢字雙軌應用於日常生活及一般文章中。

しごと　　　　とうきょう　　い
仕事で　東京へ　行ってきました。

(因為公事去了一趟東京。)

■ 片假名主要用於標示外來語或凸顯字音，動植物名也常有人改用片假名標示。

コンビニエンスストア (超商)〔convenience store〕

コケコッコー (咕咕咕)〔雞叫聲〕

發音

■ 日語基本發音是五十音，指的是假名的讀音總稱，但不是真正有五十個音。

平假名

	1	2	3	4	5	6	7	8	9	10	11
1	あ	か	さ	た	な	は	ま	や	ら	わ	
2	い	き	し	ち	に	ひ	み		り		
3	う	く	す	つ	ぬ	ふ	む	ゆ	る		
4	え	け	せ	て	ね	へ	め		れ		
5	お	こ	そ	と	の	ほ	も	よ	ろ	を	ん

1 2 3 4 5 6 7 8 9 10 11

片假名

	1	2	3	4	5	6	7	8	9	10	11
1	ア	カ	サ	タ	ナ	ハ	マ	ヤ	ラ	ワ	
2	イ	キ	シ	チ	ニ	ヒ	ミ		リ		
3	ウ	ク	ス	ツ	ヌ	フ	ム	ユ	ル		
4	エ	ケ	セ	テ	ネ	ヘ	メ		レ		
5	オ	コ	ソ	ト	ノ	ホ	モ	ヨ	ロ	ヲ	ン

1 2 3 4 5 6 7 8 9 10 11

■ 五十音的字形稍加變化或是組合，就變成其他發音：
濁音(20個)、半濁音(5個)、拗音(33個)，與促音(1個)、長音(超過44個)等。

	平假名	片假名
濁音	が、ぎ、ぐ、げ、ご…	ガ、ギ、グ、ゲ、ゴ…
半濁音	ぱ、ぴ、ぷ、ぺ、ぽ	パ、ピ、プ、ペ、ポ
拗音	きゃ、きゅ、きょ…	キャ、キュ、キョ…
促音	っ	ッ
長音	かあ、さあ、しい…	カー、サー、シー…

■ 日語一共只有五個母音「あいうえお / アイウエオ」。

■ 日語的假名發音可以用羅馬拼音標示「あ a ／ い i ／
う u ／ え e ／ お o」。

■ 日語假名的發音都是由子音加母音組成，唯獨五個母
音及1個鼻音「ん」除外。

（以平假名為例）

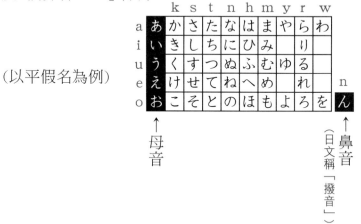

音調

■ 日語音調屬於高低音，英語是輕重音，二者不同。

英文 pro.nunci´ation　　[prəˌnʌnsɪ´eʃən]

日文 発音（はつおん）　　は つおん

■ 日語一個假名算一拍，每個字的第1拍與第2拍高低音相反。

や ま　　　　え き　　　　あ り がとう
山　　　　　　駅　　　　　　（謝謝）
（山）　　　（車站）

■ 日語每個單字只會有一個高起，不像中文有四聲抑揚頓挫明顯。

に ちようび　　　す みません　　　ア クセント
日曜日　　　　　　　　　　　　　　　　
（星期日）　　　（對不起）　　　（重音）

■ 日語的高低重音標示方式有重音線、重音核，以及數字型。

重音線	や ま	は つおん	に ちようび
重音線(簡)	や ま	はつおん	にちよう び
重音核	や まˈ	はつおん	にちよˈうび
數字	②やま	⓪はつおん	③にちようび

■ 日語共有四種高低音模式。

頭高型：第1拍為高音，第2拍以後低音
例 アクセント、えき

中高型：第1拍低音，第2拍以後高音，直到最後一拍
之前的任何一音再落下成為低音
例 ありがとう、にちようび、すみません

尾高型：第1拍低音，第2拍到最後一拍為高音，後接
的助詞發低音
例 やま、あたま

平板型：第1拍低音・第2拍到最後一拍為高音，後接
的助詞發高音
例 はつおん、さくら

■ 除了頭高型，所有字的第 1 拍都是低音。

■ 數字型重音標示的是重音核的拍數，即高音段落降為
低音前的位置。

■ 數字重音標示⓪的都是平板型，標示①的都是頭高型。

■ 數字重音與該單字字數一致時，為尾高型；不一致時，
為中高型。

尾高型　② やま

中高型　② ありがとう

● 簡單上手

第2步

熟記基本五十音發音！

■ 先學習認識平假名，首先記熟五個母音的發音。
「あいうえお」

■ 接著是加上子音的其他基本五十音，以五個音為一個單位作練習。
「かきくけこ、さしすせそ…」

■ 最後加上鼻音「ん」，把五十音表整個唸過一遍。
「あいうえお、かきくけこ、さし…わをん」

■ 平假名全部記熟後，再換成片假名五十音表從頭練習。

平假名

CD-02

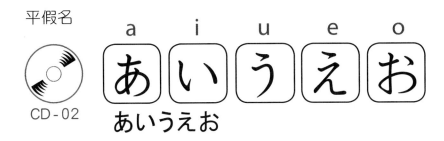

a　i　u　e　o
あいうえお
あいうえお

CD-03

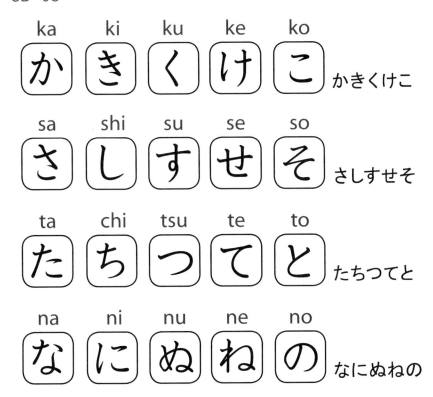

ka　ki　ku　ke　ko
かきくけこ　かきくけこ

sa　shi　su　se　so
さしすせそ　さしすせそ

ta　chi　tsu　te　to
たちつてと　たちつてと

na　ni　nu　ne　no
なにぬねの　なにぬねの

CD-03

ha	hi	fu	he	ho
は	ひ	ふ	へ	ほ

はひふへほ

ma	mi	mu	me	mo
ま	み	む	め	も

まみむめも

ya		yu		yo
や		ゆ		よ

やゆよ

ra	ri	ru	re	ro
ら	り	る	れ	ろ

らりるれろ

wa				o
わ				を

わを

n
ん

	1	2	3	4	5
1	あ	い	う	え	お
2	か	き	く	け	こ
3	さ	し	す	せ	そ
4	た	ち	つ	て	と
5	な	に	ぬ	ね	の
6	は	ひ	ふ	へ	ほ
7	ま	み	む	め	も
8	や		ゆ		よ
9	ら	り	る	れ	ろ
10	わ				を
11					ん

　「あいうえおかき
くけこ…わをん」的
順序也是日語辭典的
詞條排序，記住這個
順序可以幫助你日後
查辭典時駕輕就熟。

15

片假名

CD-02

*

a	i	u	e	o
ア	イ	ウ	エ	オ

アイウエオ

CD-03

ka	ki	ku	ke	ko
カ	キ	ク	ケ	コ

カキクケコ

sa	shi	su	se	so
サ	シ	ス	セ	ソ

サシスセソ

ta	chi	tsu	te	to
タ	チ	ツ	テ	ト

タチツテト

na	ni	nu	ne	no
ナ	ニ	ヌ	ネ	ノ

ナニヌネノ

ha	hi	fu	he	ho	
ハ	ヒ	フ	ヘ	ホ	ハヒフヘホ
ma	mi	mu	me	mo	
マ	ミ	ム	メ	モ	マミムメモ
ya		yu		yo	
ヤ		ユ		ヨ	ヤユヨ
ra	ri	ru	re	ro	
ラ	リ	ル	レ	ロ	ラリルレロ
wa				o	
ワ				ヲ	ワヲ

n

ン

CD-04

	1	2	3	4	5
1	ア	イ	ウ	エ	オ
2	カ	キ	ク	ケ	コ
3	サ	シ	ス	セ	ソ
4	タ	チ	ツ	テ	ト
5	ナ	ニ	ヌ	ネ	ノ
6	ハ	ヒ	フ	ヘ	ホ
7	マ	ミ	ム	メ	モ
8	ヤ		ユ		ヨ
9	ラ	リ	ル	レ	ロ
10	ワ				ヲ
11					ン

	1	2	3	4	5
1	あ	い	う	え	お
2	か	き	く	け	こ
3	さ	し	す	せ	そ
4	た	ち	つ	て	と
5	な	に	ぬ	ね	の
6	は	ひ	ふ	へ	ほ
7	ま	み	む	め	も
8	や		ゆ		よ
9	ら	り	る	れ	ろ
10	わ				を
11					ん

　背誦片假名的同時，可以對照平假名五十音圖作複習。

成果驗收

● 下圖是日式鍵盤的假名位置圖，你可以橫著讀，斜著讀，或是隨意跳著讀皆可，測試自己對假名的熟悉度。

ぬ	ふ	あ	う	え	お	や	ゆ	よ	わ	ほ	へ		
	た	て	い	す	か	ん	な	に	ら	せ			
	ち	と	し	は	き	く	ま	の	り	れ	け	む	
	つ	さ	そ	ひ	こ	み	も	ね	る	め	ろ		

註：日式鍵盤由於假名字數需要，比一般英
　　式鍵盤平均多五個鍵，屬於不同規格。

註：熟悉英文輸入法的學習者，可用羅馬拼
　　音輸入取代假名輸入法。

● 簡單上手

第3步

熟記其他假名的發音！

■ 先學習一個假名一拍的濁音、半濁音。
「がぎぐげご…ばびぶべぼ」「ぱぴぷぺぽ」

■ 接著是兩個假名讀成一拍的拗音，以三個音為一個單位作練習。
「きゃ・きゅ・きょ、しゃ・しゅ・しょ…」

■ 平假名全部記熟後，再換成片假名五十音表從頭練習。

■ 了解外來語的特殊拗音。

CD-05　　濁音

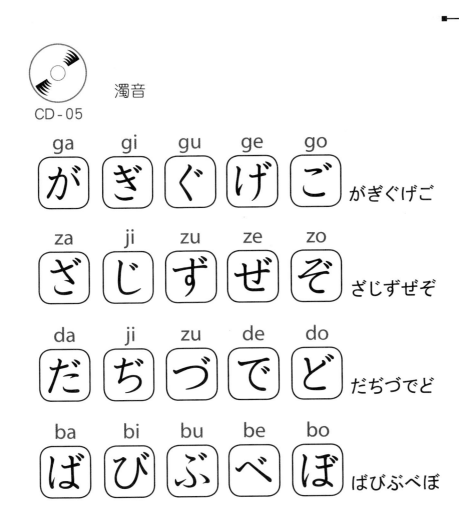

ga	gi	gu	ge	go
が	ぎ	ぐ	げ	ご	がぎぐげご

za	ji	zu	ze	zo
ざ	じ	ず	ぜ	ぞ	ざじずぜぞ

da	ji	zu	de	do
だ	ぢ	づ	で	ど	だぢづでど

ba	bi	bu	be	bo
ば	び	ぶ	べ	ぼ	ばびぶべぼ

半濁音　　＊

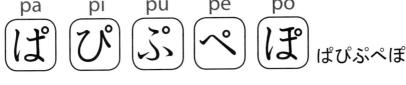

pa	pi	pu	pe	po
ぱ	ぴ	ぷ	ぺ	ぽ	ぱぴぷぺぽ

拗音

CD-06

kya	kyu	kyo
きゃ	きゅ	きょ

きゃ きゅ きょ

sha	shu	sho
しゃ	しゅ	しょ

しゃ しゅ しょ

cha	chu	cho
ちゃ	ちゅ	ちょ

ちゃ ちゅ ちょ

nya	nyu	nyo
にゃ	にゅ	にょ

にゃ にゅ にょ

hya	hyu	hyo
ひゃ	ひゅ	ひょ

ひゃ ひゅ ひょ

mya
みゃ

myu
みゅ

myo
みょ　みゃみゅみょ

rya
りゃ

ryu
りゅ

ryo
りょ　りゃ りゅ りょ

*

gya
ぎゃ

gyu
ぎゅ

gyo
ぎょ　ぎゃ ぎゅ ぎょ

ja
じゃ

ju
じゅ

jo
じょ　じゃ じゅ じょ

bya
びゃ

byu
びゅ

byo
びょ　びゃ びゅ びょ

pya
ぴゃ

pyu
ぴゅ

pyo
ぴょ　ぴゃ ぴゅ ぴょ

23

　　所有假名字形都是基礎五十音的變化組合，可以在平假名全部記熟後，自己轉換成片假名作練習。

平假名

	1	2	3	4	5
1	あ	い	う	え	お
2	か	き	く	け	こ
3	さ	し	す	せ	そ
4	た	ち	つ	て	と
5	な	に	ぬ	ね	の
6	は	ひ	ふ	へ	ほ
7	ま	み	む	め	も
8	や		ゆ		よ
9	ら	り	る	れ	ろ
10	わ				を
11					ん

濁音					半濁音				
が	ぎ	ぐ	げ	ご					
ざ	じ	ず	ぜ	ぞ					
だ	ぢ	づ	で	ど					
ば	び	ぶ	べ	ぼ	ぱ	ぴ	ぷ	ぺ	ぽ

片假名

	1	2	3	4	5
1	ア	イ	ウ	エ	オ
2	カ	キ	ク	ケ	コ
3	サ	シ	ス	セ	ソ
4	タ	チ	ツ	テ	ト
5	ナ	ニ	ヌ	ネ	ノ
6	ハ	ヒ	フ	ヘ	ホ
7	マ	ミ	ム	メ	モ
8	ヤ		ユ		ヨ
9	ラ	リ	ル	レ	ロ
10	ワ				ヲ
11					ン

濁音					半濁音				
ガ	ギ	グ	ゲ	ゴ					
ザ	ジ	ズ	ゼ	ゾ					
ダ	ヂ	ヅ	デ	ド					
バ	ビ	ブ	ベ	ボ	パ	ピ	プ	ペ	ポ

CD-05

濁音

ga	gi	gu	ge	go
ガ	ギ	グ	ゲ	ゴ	ガギグゲゴ

za	ji	zu	ze	zo
ザ	ジ	ズ	ゼ	ゾ	ザジズゼゾ

da	ji	zu	de	do
ダ	ヂ	ヅ	デ	ド	ダヂヅデド

ba	bi	bu	be	bo
バ	ビ	ブ	ベ	ボ	バビブベボ

半濁音

*

pa	pi	pu	pe	po
パ	ピ	プ	ペ	ポ	パピプペポ

<table>
<tr><th></th><th>濁音</th><th>半濁音</th></tr>
</table>

	1	2	3	4	5		1	2	3	4	5		1	2	3	4	5
1	あ	い	う	え	お												
2	か	**き**	く	け	こ		が	**ぎ**	ぐ	げ	ご						
3	さ	**し**	す	せ	そ		ざ	**じ**	ず	ぜ	ぞ						
4	た	**ち**	つ	て	と		だ	ぢ	づ	で	ど						
5	な	**に**	ぬ	ね	の													
6	は	**ひ**	ふ	へ	ほ		ば	**び**	ぶ	べ	ぼ		ぱ	**ぴ**	ぷ	ぺ	ぽ
7	ま	**み**	む	め	も													
8	や		ゆ		よ													
9	ら	**り**	る	れ	ろ													
10	わ				を													
11					ん													

　　拗音由兩個假名共同組成，兩個假名讀成一拍。特徵是以**イ段假名**作子音，右下方是**小寫的**「や、ゆ、よ」作母音。

平假名

拗音		1	2	3		1	2	3		1	2	3
	1											
	2	きゃ	きゅ	きょ		ぎゃ	ぎゅ	ぎょ				
	3	しゃ	しゅ	しょ		じゃ	じゅ	じょ				
	4	ちゃ	ちゅ	ちょ								
	5	にゃ	にゅ	にょ								
	6	ひゃ	ひゅ	ひょ		びゃ	びゅ	びょ		ぴゃ	ぴゅ	ぴょ
	7	みゃ	みゅ	みょ								
	8											
	9	りゃ	りゅ	りょ								
	10											
	11											

	1	2	3	4	5		濁音					半濁音				
1	ア	イ	ウ	エ	オ											
2	カ	**キ**	ク	ケ	コ		ガ	**ギ**	グ	ゲ	ゴ					
3	サ	**シ**	ス	セ	ソ		ザ	**ジ**	ズ	ゼ	ゾ					
4	タ	**チ**	ツ	テ	ト		ダ	ヂ	ヅ	デ	ド					
5	ナ	**ニ**	ヌ	ネ	ノ											
6	ハ	**ヒ**	フ	ヘ	ホ		バ	**ビ**	ブ	ベ	ボ		パ	**ピ**	プ	ペ	ポ
7	マ	**ミ**	ム	メ	モ											
8	ヤ		ユ		ヨ											
9	ラ	**リ**	ル	レ	ロ											
10	ワ				ヲ											
11					ン											

所有假名字形都是基礎五十音的變化組合，可以在平假名全部記熟後，自己轉換成片假名作練習。

片假名

拗音

	1	2	3								
1											
2	キャ	キュ	キョ		ギャ	ギュ	ギョ				
3	シャ	シュ	ショ		ジャ	ジュ	ジョ				
4	チャ	チュ	チョ								
5	ニャ	ニュ	ニョ								
6	ヒャ	ヒュ	ヒョ		ピャ	ピュ	ピョ		ピャ	ピュ	ピョ
7	ミャ	ミュ	ミョ								
8											
9	リャ	リュ	リョ								
10											
11											

拗音

CD-06

kya	kyu	kyo
キャ	キュ	キョ	キャ キュ キョ
sha	shu	sho
シャ	シュ	ショ	シャ シュ ショ
cha	chu	cho
チャ	チュ	チョ	チャ チュ チョ
nya	nyu	nyo
ニャ	ニュ	ニョ	ニャ ニュ ニョ
hya	hyu	hyo
ヒャ	ヒュ	ヒョ	ヒャ ヒュ ヒョ

mya	myu	myo	
ミャ	ミュ	ミョ	ミャミュミョ
rya	ryu	ryo	
リャ	リュ	リョ	リャリュリョ

*

gya	gyu	gyo	
ギャ	ギュ	ギョ	ギャギュギョ
ja	ju	jo	
ジャ	ジュ	ジョ	ジャジュジョ
bya	byu	byo	
ビャ	ビュ	ビョ	ビャビュ ビョ
pya	pyu	pyo	
ピャ	ピュ	ピョ	ピャ ピュ ピョ

　為了對應以英語為首的西方語言，儘量趨近正確發音，
片假名也有特別針對外來語的特殊拗音。

CD‑07　　　　　特殊拗音

			イェ	
	ウィ		ウェ	ウォ
クァ	クィ		クェ	クォ
グァ				
			シェ	
			ジェ	
	スィ			
			チェ	
ツァ	ツィ		ツェ	ツォ
	ティ	テュ		
	ディ	デュ		
		トゥ		
		ドゥ		
ファ	フィ	フュ	フェ	フォ
ヴァ	ヴィ	ヴ	ヴェ	ヴォ
		ヴュ		

成果驗收

● 請從下列鍵盤示意圖找出對應下列條件的假名，並讀
出發音──
　☑ 可搭配「　゛」的假名
　☑ 可搭配「　゜」的假名
　☑ 可搭配「ゃゅょ」的假名

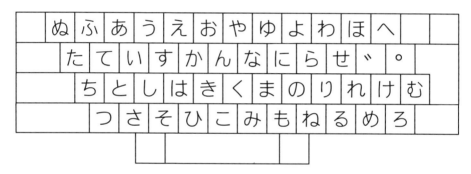

ぬ	ふ	あ	う	え	お	や	ゆ	よ	わ	ほ	へ
	た	て	い	す	か	ん	な	に	ら	せ	゛	。
	ち	と	し	は	き	く	ま	の	り	れ	け	む
	つ	さ	そ	ひ	こ	み	も	ね	る	め	ろ

按下 shift 鍵後的鍵盤示意圖　　　　　　　　　　　　　長音符號

		あ	う	え	お	や	ゆ	ょ	を	ー			
			い									
shift	つ										shift

促音

註：學習羅馬拼音輸入法的人則是在輸入羅馬拼音前先按下 Ⓧ 鍵，
　　即可打出小字。例如輸入「xya」，會出現「ゃ」。

● 簡單上手
第4步

認識促音與長音的節拍感！

- ■ 利用認識單字複習所有假名，同時練習促音「っ」的停頓節拍感。

- ■ 利用認識單字複習所有假名，同時練習長音的節拍感。

促音

CD-08a

促音本身不發音，但是佔一個頓拍，標示上以小寫的「っ」表記，居前一個字的右下方，和拗音的母音標示法相同。

にほん　　　にっぽん　　日本

請利用下列正誤發音，練習辨別促音的節拍感。

CD-08b

錯誤 🚫	正確 ⭕	
きぷ	きっぷ	切符（票）
きさてん	きっさてん	喫茶店（咖啡廳）
ざし	ざっし	雑誌（雜誌）
いしょ	いっしょ	一緒（一起）
がこう	がっこう	学校（學校）
スリパ	スリッパ	（拖鞋）

長音

CD-09a

長音指的是發音時母音多拉長 1 拍，所以是占兩個拍子。書寫時，依段別在字後分別加上あ、い、う、い（orえ）、う（orお）；片假名則是統一加長音符號。

おか<u>あ</u>さん お母さん （母親）

おい<u>し</u>い 美味しい （美味的）

く<u>う</u>き 空気 （空氣）

え<u>い</u>が 映画 （電影）

おね<u>え</u>さん お姉さん （姊姊）

おと<u>う</u>さん お父さん （父親）

お<u>お</u>きい 大きい （大的）

フォ<u>ー</u>ク （叉子）

有些字，有沒有長音意思差很多。

CD-09b

沒有長音		有長音	
おじさん	（叔、舅）	おじ<u>い</u>さん	（爺爺、外公）
おばさん	（姨、嬸）	おば<u>あ</u>さん	（婆婆、外婆）
ビル	（大樓）	ビ<u>ー</u>ル	（啤酒）

五十音識字篇

加深印象

▶ 加深印象

數ˇ數ヽ

日語對於數字有很多種讀法！

🔑 用日語唸出下列數字　CD‑10a

1 2 3 4 5 6 7 8 9 10

いち　に　さん　し　ご　ろく　しち　はち　きゅう　じゅう
　　　　　　　　よん　　　　　　なな　　　　く

🔑 用日語數數　CD‑10b

1 2 3 4 5 6 7 8 9 10

いち　に　さん　し　ご　ろく　しち　はち　きゅう　じゅう

10 9 8 7 6 5 4 3 2 1

じゅう　きゅう　はち　なな　ろく　ご　よん　さん　に　いち

> 日語數字４７９主要有兩種讀法，正數和倒數時多數人習慣作上述讀法。

用日語數拍子

1 2 3 4
いち　に　さん　し

2 2 3 4
に　に　さん　し

3 2 3 4
さん　に　さん　し

4 2 3 4
よん　に　さん　し

CD-12a

0
ゼロ / れい

用日語報電話號碼

2367－5280
　　　の

07－561－8742
　の　　　　の

037－320－049
　　　の　　　　の

0570－003－434
　　　の　　　　の

06－6944－5367
　　の　　　　の

數字0可讀作ゼロ或是れい。

區隔符號「－」，日語讀作
「の」。

報號碼時，為了怕誤解，多數日本
人習慣將──

　4唸作よん
　7唸作なな
　9唸作きゅう
　0唸作ゼロ

用日語數 1 到 10 個數目

1つ
ひとつ
（一個）

2つ
ふたつ
（二個）

3つ
みっつ
（三個）

4つ
よっつ
（四個）

5つ
いつつ
（五個）

6つ
むっつ
（六個）

7つ
ななつ
（七個）

8つ
やっつ
（八個）

9つ
ここのつ
（九個）

10
とお
（十個）

日本人在數數量時，習慣作上述讀法，發音與之前數數時幾乎完全不同。

認識日本人如何用手指表現 1 到 10 的數字

6 7 8 9 的比法有兩種！

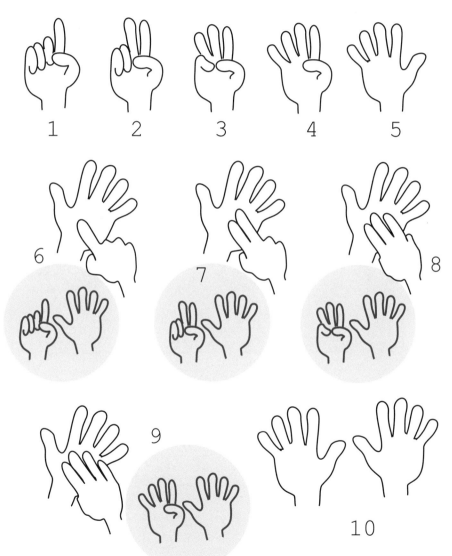

1　　2　　3　　4　　5

6　　7　　8

9

10

▶ 加深印象

指 示

日語的指示詞分三段；
近稱、中稱、遠稱。

CD‑14

📌 用日語說你我他

わたし

（我）

あなた

（你）

あの人
^{ひと}

（他／那個人）

^{かれ}
彼

（他）

^{かのじょ}
彼女

（她）

用日語說指示詞　　CD-15a

 近稱

 中稱

 遠稱

これ	それ	あれ
（這個）	（那個）	（那個）
ここ	そこ	あそこ
（這裡）	（那裡）	（那裡）
こちら	そちら	あちら
（這邊）	（那邊）	（那邊）

CD-15b

だれ / どなた	どれ	どこ	どちら
（誰）	（哪個）	（哪裡）	（哪邊）

43

▶ 加深印象

食物

一起來認識幾種日常食物的日語名稱！

CD - 16

📌 用日語說下列食物名稱

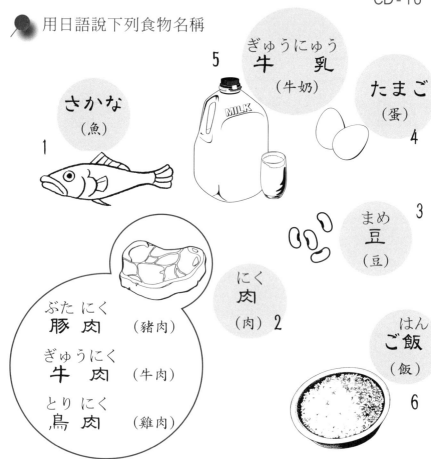

5
ぎゅうにゅう
牛 乳
（牛奶）

たまご
（蛋）
4

さかな
（魚）

1

まめ
豆
（豆）
3

ぶた にく
豚 肉　（豬肉）

ぎゅうにく
牛 肉　（牛肉）

とり にく
鳥 肉　（雞肉）

にく
肉
（肉） 2

はん
ご飯
（飯）

6

以下是日本人喜歡吃、常吃的食物　　CD-17

おにぎり
（飯團）

おすし
（壽司）

さしみ
（生魚片）

カレーライス
（咖哩飯）

オムライス
（蛋包飯）

カツ丼
（豬排蓋飯）

ラーメン
（拉麵）

うどん
（烏龍麵）

焼そば
（炒麵）

焼肉
（烤肉）

すき焼き
（壽喜燒）

しゃぶしゃぶ
（涮涮鍋）

ハンバーグ
（漢堡肉排）

パスタ
（義大利麵）

唐揚げ
（炸雞塊）

餃子
（煎餃）

たこ焼き
（章魚燒）

茶碗蒸し
（茶碗蒸）

味噌汁
（味噌湯）

納豆
（納豆）

豆腐
（豆腐）

日本人常吃的蓋飯類，統稱「丼物（どんぶりもの）」；
火鍋類統稱「鍋物（なべもの）」。

飲料

一起來認識平日常見飲品的日語名稱！

CD-18

 以下是日本人常喝的飲料

1
ジュース
（果汁）

やさい
野菜ジュース
（蔬果汁）

かじゅう
果汁
（純果汁）

2
ミネラルウォーター
（礦泉水）

たんさんすい
炭酸水
（氣泡水）

はっぽうすい
発泡水
（氣泡水）

3
コーラ
（可樂）

4
サイダー
（汽水）

ラムネ
（彈珠汽水）

46

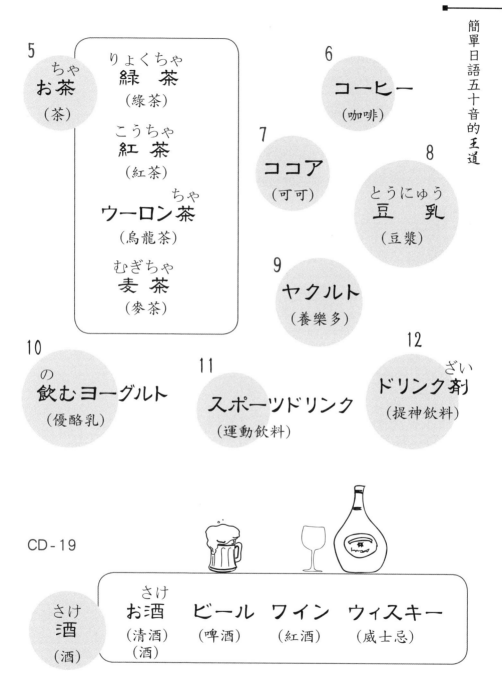

5 お茶 _{ちゃ}（茶）

緑茶 りょくちゃ（綠茶）

紅茶 こうちゃ（紅茶）

ウーロン茶 _{ちゃ}（烏龍茶）

麦茶 むぎちゃ（麥茶）

6 コーヒー（咖啡）

7 ココア（可可）

8 豆乳 とうにゅう（豆漿）

9 ヤクルト（養樂多）

10 飲むヨーグルト の（優酪乳）

11 スポーツドリンク（運動飲料）

12 ドリンク剤 ざい（提神飲料）

CD-19

さけ 酒（酒）

お酒 さけ（清酒）（酒）　ビール（啤酒）　ワイン（紅酒）　ウィスキー（威士忌）

► 加深印象

車子

一起來認識陸上交通工具的日語名稱！

CD-20

以下是平日街頭常見的交通工具

1

くるま
車
(車)

2

じどうしゃ
自動車
(汽車)

3

じてんしゃ
自転車
(腳踏車)

5　**トラック**
(卡車)

4

バイク
(摩托車)

6
バス
（巴士）

7
てい
バス停
（公車站牌）

8
タクシー
（計程車）

9
でんしゃ
電 車
（電車）

10
しんかんせん
新 幹 線
（新幹線）

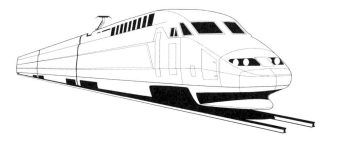

▶ 加深印象

身 體

一起來認識身體名稱的
日語說法！

CD - 21

📌 用日語說下列身體部位名稱

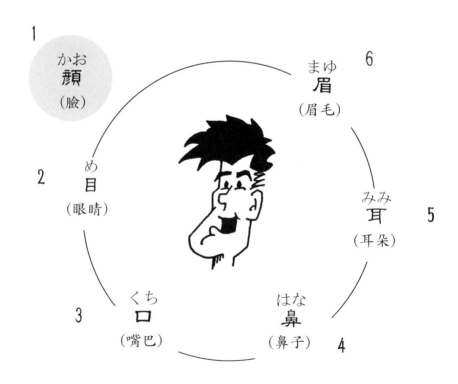

1
かお
顔
（臉）

6
まゆ
眉
（眉毛）

2
め
目
（眼睛）

5
みみ
耳
（耳朵）

3
くち
口
（嘴巴）

はな
鼻
（鼻子）
4

7
からだ
体
（身體）

8
あたま
頭
（頭）

9
くび
首
（脖子）

かた
肩 10
（肩膀）

うで
腕 11
（手臂）

て
手 12
（手掌）

14 ひざ
膝
（膝蓋）

あし
足 13
（腳）

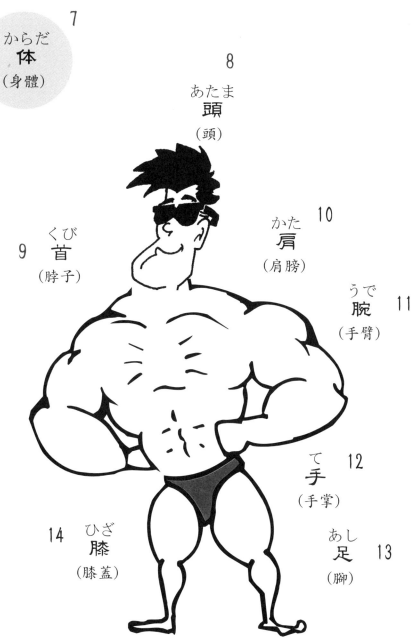

▶ 加深印象

姓氏

一起來認識日本前十大姓氏！

CD-22

📌 用日語說下列日本人的姓氏

1
さとう
佐藤
（佐藤）

2
すずき
鈴木
（鈴木）

3
たかはし
高橋
（高橋）

4
たなか
田中
（田中）

5
わたなべ
渡辺
（渡邊）

6
いとう
伊藤
（伊藤）

7
やまもと
山本
（山本）

8
なかむら
中村
（中村）

9
こばやし
小林
（小林）

10
かとう
加藤
（加藤）

11
なまえ
名前
（名字）

五十音輪轉篇

繞口練舌

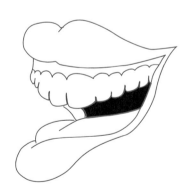

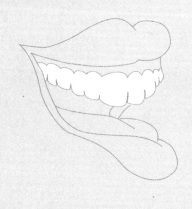

🔴 繞口練舌 🔴

CD-23

■ 請依照段別，呈 z 字形背誦下列五十音表

あ段	あ	か	さ	た	な	は	ま	や	ら	わ
い段	い	き	し	ち	に	ひ	み	い	り	い
う段	う	く	す	つ	ぬ	ふ	む	ゆ	る	う
え段	え	け	せ	て	ね	へ	め	え	れ	え
お段	お	こ	そ	と	の	ほ	も	よ	ろ	を

這個練習除了對牢記五十音順序有幫助之外，
對於日後學習動詞變化時，也很有用！

🔴 繞口練舌 🔴

 CD-24

■ あいうえ　おはよう

　かきくけ　こんにちは　這裡的「は」須讀作「わ」！

　さしすせ　そらのした

　たちつて　トトロいたよ

　なにぬね　のんびりと

　はひふへ　ほんとうに

　まみむめ　もういちど

　やいゆえ　よろしくね

　らりるれ　ロマンチスト

　わいうえ　「を」でおわり

　ん？　　　いいえ　「ん」がありますよ

中譯

あいうえ	早啊		
かきくけ	你好	まみむめ	再說一次
さしすせ	在天空下	やいゆえ	請多指教
たちつて	有龍貓喲	らりるれ	浪漫的人
なにぬね	悠哉悠哉的	わいうえ	「を」之後就沒了
はひふへ	真的嗎	咦？	不，還有「ん」喲

🔮 繞口練舌 🔮

CD-25

鼠 牛 虎 兎 竜 蛇 馬 羊 猿 鷄 犬 猪

1 ね、うし、とら、う、たつ、み、うま、ひつじ、さる、とり、いぬ、い

這是日本人的生肖說法，跟著錄音員唸快
一點！下面是動物名稱的完整說法。

2

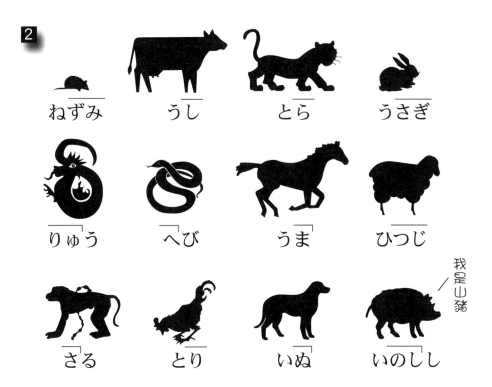

ねずみ　　うし　　とら　　うさぎ

りゅう　　へび　　うま　　ひつじ

さる　　とり　　いぬ　　いのしし

我是山豬

繞口練舌

CD-26

1 いぬは　ワン　ワン

ねこは　ニャー　ニャー

ひつじは　メー　メー

にわとりは　コケコッコー

うしは？

モー

你知道日本人如何定義動物叫聲嗎，猜猜看有哪些動物在裡頭！

小狗啊汪汪叫
貓咪是喵喵叫
羊兒是咩咩叫
雞是咕咕咕叫
那牛呢？
哞～

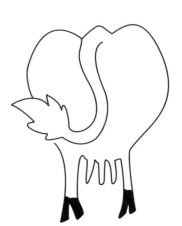

● 繞口練舌 ●

2 きしゃのきしゃがきしゃできしゃした

貴社の記者が汽車で帰社した

はしのはしではしをもつ

橋の端で箸を持つ

たけのたけのたかいたけをきる

他家の丈の高い竹を切る

とうきょうとっきょきょかきょくのきょか

東京特許許可局の許可

這些是日語常見的繞口令。

🔴 繞口練舌 🔴

 CD-27

1 あかい・あかいです・あかくて・あかくない

やさしい・やさしいです・やさしくて・やさしくない

2 よい・よいです・よくて・よくない

ひろい・ひろいです・ひろくて・ひろくない

いそがしい・いそがしいです・いそがしくて・

いそがしくない

每背一個形容詞，若能同時將各變化形唸過
一遍，你的日語發音就會很輪轉哦！

CD-28

1 かう・かいます・かって・かわない

ねる・ねます・ねて・ねない

する・します・して・しない

2 よむ・よみます・よんで・よまない

みる・みます・みて・みない

くる・きます・きて・こない

每背一個動詞，
若能同時將各變
化形唸過一遍，
你的日語發音就
會很輪轉哦！

🔴 繞口練舌 🔴

CD-29

1 かいこく　がいこく　　きんこう　ぎんこう
　　 開国　　　外国　　　　均衡　　　銀行

　　クラス　　グラス　　　けた　　　げた
　　class　　 glass　　　 桁　　　　下駄

　　こよう　　ごよう
　　雇用　　　誤用

2 たいがく　だいがく　　てんき　　でんき
　　 退学　　　大学　　　　天気　　　電気

　　とじょう　どじょう
　　途上　　　土壌

3 パス　　　バス　　　　ピザ　　　ビザ
　　pass　　　bus　　　　 pizza　　 visa

　　プライド　ブライド　　ペース　　ベース
　　pride　　 bride　　　 pace　　　base

　　ポーズ　　ぼうず
　　pause　　 坊主

很多人分不清カ行與ガ行、パ行
與バ行，以及タダ・テデ・トド
的清濁音，請利用上述例子多作
練習。

🔴 繞口練舌 🔴

■ 請回頭聆聽「五十音識字篇——加深印象」，將所有單字標上
　重音線。

CD-10

いち　に　さん　し・よん　ご　ろく
しち・なな　はち　きゅう・く　じゅう

註：重音與節拍有時會受到韻律的影
　　響，例如數數時的重音就與數字
　　單獨發音時略有不同。

CD-12a

ゼロ・れい

CD-13

ひとつ　ふたつ　みっつ　よっつ　いつつ
むっつ　ななつ　やっつ　ここのつ　とお

CD-14

わたし　あなた　あのひと　かれ　かのじょ

CD-15a

これ　それ　あれ　ここ　そこ　あそこ
こちら　そちら　あちら

CD-15b

だれ・どなた　どれ　どこ　どちら

繞口練舌

CD-16

さかな　にく・ぶだにく・ぎゅうにく・とりにく
まめ　たまご　ぎゅうにゅう　ごはん

CD-17

おにぎり　おすし　さしみ　カレーライス
オムライス　かつどん　ラーメン　うどん
やきそば　やきにく　すきやき　しゃぶしゃぶ
ハンバーグ　パスタ　からあげ　ぎょうざ
たこやき　ちゃわんむし　みそしる　なっとう
とうふ

CD-18

ジュース・やさいジュース・かじゅう
ミネラルウォーター・たんさんすい・はっぽうすい
コーラ　サイダー・ラムネ
おちゃ・りょくちゃ・こうちゃ・
ウーロンちゃ・むぎちゃ
コーヒー　ココア　とうにゅう　ヤクルト

🔮 繞口練舌 🔮

のむヨーグルト　スポーツドリンク
ドリンクざい

CD-19

さけ　おさけ　ビール　ワイン　ウィスキー

CD-20

くるま　じどうしゃ　じてんしゃ　バイク
トラック　バス　バスてい　タクシー
でんしゃ　しんかんせん

CD-21

かお　め　くち　はな　みみ　まゆ
からだ　あたま　くび　かた
うで　て　あし　ひざ

CD-22

さとう　すずき　たかはし　たなか
わたなべ　いとう　やまもと　なかむら
こばやし　かとう　なまえ

五十音應用篇

成果驗收

CD-30

● 這裡是日語兩位數的唸法，請跟著錄音員練習，都熟悉了之後，自己試著從1唸到99。

11	じゅういち
12	じゅうに
13	じゅうさん
14	じゅうし、　じゅうよん
15	じゅうご
16	じゅうろく
17	じゅうしち、　じゅうなな
18	じゅうはち
19	じゅうきゅう、　じゅうく
20	にじゅう
30	さんじゅう
40	よんじゅう
50	ごじゅう
60	ろくじゅう
70	ななじゅう、　しちじゅう
80	はちじゅう
90	きゅうじゅう

CD-31　　●　以下是九九乘法表，跟著錄音員一起

1×1=1 いんいちが いち	1×2=2 いんにが に	1×3=3 いんさんが さん	1×4=4 いんしが し	1×5=5 いんごが ご
2×1=2 にいちが に	2×2=4 ににんが し	2×3=6 にさんが ろく	2×4=8 にしが はち	2×5=10 にご じゅう
3×1=3 さんいちが さん	3×2=6 さんにが ろく	3×3=9 さざんが く	3×4=12 さんし じゅうに	3×5=15 さんご じゅうご
4×1=4 しいちが し	4×2=8 しにが はち	4×3=12 しさん じゅうに	4×4=16 しし じゅうろく	4×5=20 しご にじゅう
5×1=5 ごいちが ご	5×2=10 ごに じゅう	5×3=15 ごさん じゅうご	5×4=20 ごし にじゅう	5×5=25 ごご にじゅうご
6×1=6 ろくいちが ろく	6×2=12 ろくに じゅうに	6×3=18 ろくさん じゅうはち	6×4=24 ろくし にじゅうし	6×5=30 ろくご さんじゅう
7×1=7 しちいちが しち	7×2=14 しちに じゅうし	7×3=21 しちさん にじゅういち	7×4=28 しちし にじゅうはち	7×5=35 しちご さんじゅうご
8×1=8 はちいちが はち	8×2=16 はちに じゅうろく	8×3=24 はっさん にじゅうし	8×4=32 はちし さんじゅうに	8×5=40 はちご しじゅう
9×1=9 くいちが く	9×2=18 くに じゅうはち	9×3=27 くさん にじゅうしち	9×4=36 くし さんじゅうろく	9×5=45 くご しじゅうご

多唸幾次，都熟悉了之後，再自己試著加快速度朗讀。

1×6=6 いんろくが ろく	1×7=7 いんしちが しち	1×8=8 いんはちが はち	1×9=9 いんくが く
2×6=12 にろく じゅうに	2×7=14 にしち じゅうし	2×8=16 にはち じゅうろく	2×9=18 にく じゅうはち
3×6=18 さぶろく じゅうはち	3×7=21 さんしち にじゅういち	3×8=24 さんぱ にじゅうし	3×9=27 さんく にじゅうしち
4×6=24 しろく にじゅうし	4×7=28 ししち にじゅうはち	4×8=32 しは さんじゅうに	4×9=36 しく さんじゅうろく
5×6=30 ごろく さんじゅう	5×7=35 ごしち さんじゅうご	5×8=40 ごは ＊此處は讀作わ しじゅう	5×9=45 ごっく しじゅうご
6×6=36 ろくろく さんじゅうろく	6×7=42 ろくしち しじゅうに	6×8=48 ろくは しじゅうはち	6×9=54 ろっく ごじゅうし
7×6=42 しちろく しじゅうに	7×7=49 しちしち しじゅうく	7×8=56 しちは ごじゅうろく	7×9=63 しちく ろくじゅうさん
8×6=48 はちろく しじゅうはち	8×7=56 はちしち ごじゅうろく	8×8=64 はっぱ ろくじゅうし	8×9=72 はっく しちじゅうに
9×6=54 くろく ごじゅうし	9×7=63 くしち ろくじゅうさん	9×8=72 くは しちじゅうに	9×9=81 くく はちじゅういち

註：九九乘法表的數字唸法，部分跟一般的數字唸法有出入。

桃太郎 （桃太郎）

CD-32

● 請先聽錄音員唱，熟悉旋律後，自己試著看歌詞獨唱。

ももたろうさん
ももたろうさん
おこしに　つけた　きびだんご
ひとつ　わたしに　くださいな

桃太郎呀桃太郎
你腰上纏的黍米麻糬
一個給我可以不可以

やりましょう　やりましょう
これから　おにの　せいばつに
ついて　いくなら　やりましょう

給你給你
現在我要打鬼去
跟我來的話就給你

いきましょう　いきましょう
あなたに　ついて　どこまでも
けらいに　なって　いきましょう

我去我去
到哪都跟你一起去
作你的手下一起去

そりゃ　すすめ　そりゃ　すすめ
いちどに　せめて　せめやぶり
つぶして　しまえ　おにがしま

衝啊！前進前進
一舉攻破打垮它
徹底消滅鬼之島

CD-33 むすんで ひらいて （握拳再打開）

むすんで　ひらいて	握拳　打開
てを　うって　むすんで	拍手　握拳
また　ひらいて	再打開
てを　うって	拍手
その　てを　うえに	把手舉高
むすんで　ひらいて	握拳　打開
てを　うって　むすんで	拍手　握拳

むすんで　ひらいて	握拳　打開
てを　うって　むすんで	拍手　握拳
また　ひらいて	再打開
てを　うって	拍手
その　てを　したに	把手放低
むすんで　ひらいて	握拳　打開
てを　うって　むすんで	拍手　握拳

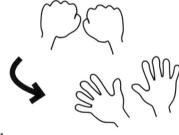

71

CD-34

跟著錄音員多唸幾次,試著把這些生活中常見的句子都背起來。

おはようございます。　　　　　早安

こんにちは。　　　　　　　　你好/午安

こんばんは。　　　　　　　　晩安/你好

おやすみなさい。　　　　　　祝好眠

きょうはいいてんきですね。　今天天氣真好

そうですね。　　　　　　　　是啊

いってきます。　　　　　　　我出門了

いってらっしゃい。　　　　　要走好哦

ただいま。　　　　　　　　　我回來了

おかえり。　　　　　　　　　你回來了啊

いただきます。　　　　　　　我開動了

ごちそうさまでした。　　　　我吃飽了,好豐盛的一餐

おいしかった。　　　　　　　真好吃

おなかいっぱいです。　　　　肚子好飽

CD-35

ありがとうございます。　　　謝謝

いいえ。　　　　　　　　　　沒什麼

いいえ、どういたしまして。　不，不客氣

すみません。　　　　　　　　對不起；不好意思

ごめんなさい。　　　　　　　對不起

いいえ。　　　　　　　　　　沒什麼

いいえ、どういたしまして。　不，不客氣

おねがいします。　　　　　　拜託你

ごめんください。　　　　　　有人在家嗎

はじめまして。　　　　　　　初次見面

さとうです。　　　　　　　　我是佐藤

よろしくおねがいします。　　請多指教

それでは。　　　　　　　　　再見

さようなら。　　　　　　　　再見

じゃあ。　　　　　　　　　　再見

CD-36

もしもし。	喂喂（電話開頭）
すずきさんいらっしゃいますか。	鈴木先生在嗎
すずきさんおねがいします。	請接鈴木先生
しつれいします。	打擾/失陪了
ごめんください。	失陪了/有人在(家)嗎
ごきげんよう。	祝你健康
もしもし。	喂喂（把人叫住）
ちょっとまってください。	請等一下
いらっしゃいませ。	歡迎光臨
これいくらですか。	這個多少錢
ちょっとかんがえます。	我考慮一下
みているだけです。どうも。	我只是看看，謝謝
ようこそ。	歡迎您的到訪
よくいらっしゃいました。	歡迎您來
にほんははじめてです。	這是我第一次到日本

學日語五十音，
從學習寫正確的假名開始～

新基準
日語五十音習字帖

不只基礎五十音，

還教你正確的假名觀念——

全書包含：

清音、撥音、濁音、半濁音、

拗音、長音、促音

的字形講解與定義說明，

除了是習字帖，

也可以當五十音教材哦！

独学 日本語系列

你以為**發音**不重要嗎
大錯特錯！

別找了，
日語發音
這本最好用！

所有學習日語的人，
　都該擁有一本這樣的**發音書！**

這是我看過最紮實、最好的發音教材！

修訂二版

歷史 天空

中西

古代史學比較

杜維運　著

東大圖書公司

國家圖書館出版品預行編目資料

中西古代史學比較／杜維運著.－－修訂二版二刷.－
－臺北市：東大，2012
　　面；　　公分.－－(歷史天空)
參考書目：面
含索引
ISBN 978–957–19–2832–6　(平裝)

1. 史學－比較研究

603　　　　　　　　　　　　　　　　95013149

©　中西古代史學比較

著 作 人	杜維運
責任編輯	呂孟欣
美術設計	謝岱均
發 行 人	劉仲文
著作財產權人	東大圖書股份有限公司
發 行 所	東大圖書股份有限公司
	地址　臺北市復興北路386號
	電話　(02)25006600
	郵撥帳號　0107175–0
門 市 部	(復北店) 臺北市復興北路386號
	(重南店) 臺北市重慶南路一段61號
出版日期	初版一刷　1988年8月
	修訂二版一刷　2006年11月
	修訂二版二刷　2012年4月
編　　號	E 600170

行政院新聞局登記證局版臺業字第○一九七號

有著作權・不准侵害

ISBN　978–957–19–2832–6　(平裝)

http://www.sanmin.com.tw　三民網路書店

※本書如有缺頁、破損或裝訂錯誤，請寄回本公司更換。

謹以此書獻給
　　劉壽民師

修訂二版序

　　1978 年當我撰寫《史學方法論》一書的〈比較史學與世界史學〉一章時，曾主張「比較史學不作時間上的巧妙比較，不作史學家的巧妙比較。」可是十年以後，我卻寫了《中西古代史學比較》的專書！為了寫中國史學史，為了將中國史學置於世界史學之林，自己挑戰自己，以致引起史學界質疑，自己也陷於困思之中！

　　歷史的發展，有大趨勢，大潮流，若有秩序，似現規律。然而歷史上有偶然，有例外，其變幻詭奇，莫可猜測，其神祕奧妙，難以縷述。這是歷史的特質，不容否認。

　　中西史學各自獨立發展兩千餘年，其環境不同，其文化背景絕異，而在同一時間內，可以互作比較，像是「東方有聖人焉，西方有聖人焉」的真理出現，歷史研究的引人入勝，孰過於此？中國的司馬遷，像是西方歷史之父希羅多德，誰不欣喜驚奇？所以中西史學的比較，如時間上一致，而造詣不相懸殊，其所發明的史學真義，是無窮無盡的，是珍若球璧的。惟時間上的若合符節，應是一種偶合，而沒有必然性。中國自魏晉以後，迄於宋代，千年之中，是史學的極盛時代，寫史英才，風起雲湧，珍貴史籍，繽紛披陳。而西方時值中世紀，史學淪為神學的附庸，歷史與宗教為一，歷史的真價值不見，如此以兩者互相比較，又豈有意義？西方文藝復興

以後，史學呈現復興，至十九世紀而進入鼎盛時期。中國則自明代以後，史學盛衰相乘，至晚清而蛻變，西方史學遂領先中國。時間相同，史學相異，相互比較，豈不鉏鋙？

處於世界大通的今日，將世界兩大史學遺產的中西史學，放在一起作比較，是學術上的偉大工作之一。比較的方法，是就整體以通觀。中國的儒家文化，產生了極富人文主義色彩的史學，西方的宗教文化，則促使西方史學充滿神祕的氣氛，文化背景不同，史學遂現歧異。西元前六世紀，希臘思想界錮蔽於反歷史趨勢之中，更早幾世紀的埃及人，視記錄重要的往事，為十分痛苦之事 (參見 John van Seters, *In Search of History*, p128)。中國則自遠古時代起，史官逐日記載天下事，數千年不絕。民族不同，重視歷史的程度，大相逕庭。所以從文化背景，從民族習性，比較中西史學，能見中西史學的分歧；擴而充之，從史學思想、史學理論、史學方法的比較，則能見中西史學的隱隱相合。二十世紀的西方史學家蒙彌葛廉諾 (Arnaldo D. Momigliano, 1908–1987) 主張將所有的史料分為原始史料 (primary sources or original authorities) 與轉手史料 (secondary sources or derivative authorities) 兩種 (A. D. Momigliano, *Studies in Historiography*, p.2)。第八世紀中國史學家劉知幾則區分所有歷史作品為「當時之簡」與「後來之筆」(《史通》〈史官建置〉)，兩人所見大致相同。蒙彌葛廉諾所謂「稱頌原始史料，為其真實可靠；稱頌非當代的史學家——或轉手史料——，為其對資料的解釋與評價公正」，與劉知幾所謂「當時草創者，資乎博聞實錄」，「後來經始者，貴乎儁識通才」，其議論有異曲同工之妙。由此而言，史學上

的真理，中西的創獲，時間不同，其應奉為真理則一。比較中西史學，在數千年的長時段內，作整體比較，博覽通觀，如登臨世界高峰，天下史學的美富，皆在眼簾，比較史學的最高境界，應是莫過於此了。

晚清以降，中國學者在西方勢力的衝擊下，對中國史學紛紛作激烈的批評。如徐仁鑄云：

「西人之史，皆記國政及民間事，故讀者可考其世焉。中國正史，僅記一姓所以經營天下保守疆土之術，及其臣僕翼戴襃榮之陳迹，而民間之事，悉置不記載。然則不過十七姓家譜耳，安得謂之史哉？」（《湘學新報》第三十期）

這是批評中國歷史為帝王家譜而不記載民事。聲譽滿全國的梁啟超亦云：

「試一繙四庫之書，其汗牛充棟浩如煙海者，非史學書居十六七乎？上自太史公、班孟堅，下至畢秋帆、趙甌北，以史家名者不下數百。茲學之發達，二千年於茲矣。然而陳陳相因，一邱之貉，未聞有能為史界闢一新天地，而令茲學之功德，普及於國民者。」（〈新史學〉，載於《飲冰室文集》第四冊）

這是批評中國史學的不能創新，陳陳相因二千年，於是進一步就批評中國史學「知有朝廷而不知有國家」，「知有個

人而不知有群體」，「知有陳迹而不知有今務」，「知有事實而不知有理想」了。

洶洶之論盈天下，就當時的情勢而言，為以開闊的胸襟，接受新學，去除了排外的屏障；就客觀的事實而言，則為虛妄之言，過激之論。中國的歷史，正史雖以帝王為中心，而非帝王家譜。禮樂、律歷、食貨、選舉、天文、地理、藝文、經籍等志，朝章國典以外，遍載與民間相關之事；儒林、文苑、循吏、酷吏、游俠、貨殖、獨行、逸民、列女、孝友、忠義等傳，縷述名公巨卿以外的各類人物；政治、軍事、社會、經濟、學術、文化，各種事件，一一出現於正史之中，誰說中國的正史，是十七姓帝王家譜呢？太史公司馬遷以降，各類史學家群出，班固、杜佑、劉知幾、司馬光、顧炎武、黃宗羲、王夫之、錢大昕、章學誠、趙翼，各有新創，非一邱之貉；編年、紀傳體以外，典章制度通史競作，學案體學術史並陳，史論不絕，史考作品相望，二千年中，中國史學趨新不已，陳陳相因，又豈盡然？虛妄之言，過激之論，百年之後，丞待修正！

比較中西史學，呈現異同優劣，仍然是消極的。雙方以誠懇的態度，恢宏的胸襟，接納對方不同的史學，以與自己固有的史學，相切磋，相綜合，而冶兩者於一爐，史學上的不朽盛事，才真正出現。近百年來，西方史學東來，中國傾慕其學之情，人人共見，而瞭解的程度，未至透徹、全面。西方的情況，尤令人感覺中西史學，猶如隔世。西方史學家極少關心西方以外的史學，中國的艱深文字，更使他們望中國史學而興歎！當今之時，國人以英文等外國文字，寫成論

中國史學的專書，是溝通中西史學的大業。讓西方史學家鑽入中國史籍之中，以瞭解中國史學，是奢求，也是夢幻！

猶憶學博而度量寬宏的張曉峰（其昀）先生，在教育部長任內，曾對我說：「你用英文寫一部論中國史學的書。」當時我尚在英年，所以曉峰先生如此勉勵。數十年來，我廣讀英文論史學之書，而不敢以英文馳騁筆墨。「言之不文，行之不遠。」中外皆然。英國史學家柯靈烏 (R. G. Collingwood, 1889–1943) 的《歷史思想》(*The Idea of History*) 一書，其中的學說，每受英國史學界批評，而其文章的優美，人人讚譽，其學說遂隨之而廣傳。卡耳 (E. H. Carr, 1892–1982) 的《何謂歷史》(*What is History?*) 一書，內容並不豐富，論見多待商榷（歐美史學界批評之者甚多，此有待以專文討論），而於 1961 年問世後，暢銷全球。所以能如此，文章的雅潔，應是扮演了最重要的角色。歷史須託文字以傳。以外文生花之文筆，傳中國博大精深之史學，這項重任，衹有留待年輕的史學家去完成了。

三民書局欲為《中西古代史學比較》一書動手術，董事長劉振強先生囑我寫新序，並作增刪。維運感其盛意，寫此冗長新序，並增〈從雙方的比較論中國古代史學的世界地位〉一章。細節處亦略作變動。三民書局屹立於飄搖世局中近六十年，保持清流形象，肩負學術重任，功在社稷，惠及學林，人人共睹。風雨如晦，雞鳴不已，誰說舉世昏濁？

中華民國九十五年八月杜維運序於溫哥華

序

　　中國與西方，在上古時代，是兩個相距遙遠、渺不相涉的世界。不同的民族，殊異的環境，差不多在同時各創出燦爛的文化，像是中國先秦的聖哲，與希臘哲學家在作智慧競賽，幾疑兩漢帝國與羅馬帝國互相對峙。如果沒有幾分浪漫的情懷，是很難相信其真實的。隨著文化的燦爛，中西史學競出其間。人類歷史上極為珍貴的史學，不約而同的出現於世界的兩端，各顯神采，互有成就，其精闢處，令人心折，其歧異處，耐人深思。將兩者互作比較，無異學術的探險，也有詩意的享受。維運治學，好作比較，尤嗜史學，很多年來，就有比較中西古代史學的奇想。惟以學力所限，戰兢恐懼之情，與時俱增。文字上的隔閡，無法從原始的希臘文、拉丁文，進窺西方古代史學的精髓，而僅能自英譯作品彷彿其神似，是極為遺憾的。西方近代史學家的研究，變成最主要的根據，如比瑞 (J. B. Bury, 1861–1927)、柯靈烏、白特費爾德 (Herbert Butterfield, 1901–1979)、蒙彌葛廉諾 (Arnaldo Momigliano, 1908–1987)、葛蘭特 (Michael Grant, 1914–2004)、芬利 (M. I. Finley, 1912–1986) 諸家之說，皆屢屢引及。沒有這些根據，雖一字之微，不敢妄參末議。中國方面，則傾能力所及，遍閱先秦兩漢現存的載籍，期見中國古代史學的全貌。能否探幽抉微，不敢預期。平心以論中西

古代史學，駢列而比觀之，進而會通，則是微望。

維運治史，本限於國史，得窺西史門徑，皆恩師劉壽民（崇鋐）教授之教。三十年前，壽民師在臺大歷史系開「西洋史學名著選讀」一課，詳細評述奈芬司 (Allan Nevins, 1890–1971)《歷史入門》(*The Gateway to History*) 一書，以致西方史學的美富，初現眼簾。今 壽民師歲登九十，仁者有壽，願獻此書，以答師恩於萬一。

學友張春樹、汪榮祖、邢義田、黃進興諸兄，對此書皆有貢獻。榮祖兄治史與我興趣相同，幾十年魚雁不絕，勉我瘁力比較中西史學的大業，並不時以論西方史學的新書相贈。義田兄治兩漢史與羅馬史，於留學夏威夷大學之際，時時長函討論中西古代史學比較的問題。進興兄嗜西史如命，當負笈哈佛大學之日，凡遇史學新書出版，必不惜重資，購以相送。春樹兄是同年老友，相見之時，把酒論學，分別之日，書信抒懷。近以瑟特斯 (John von Seters) 新書《歷史探索——古代世界的史學與聖經史的起源》(*In Search of History——Historiography in the Ancient World and the Origins of Biblical History*) 相贈，此書與拙著關係密切，而維運竟不知其存在，遺憾曷似！書此誌愧，並謝老友雅意。

中華民國七十七年七月自序於聽濤樓

中西古代史學比較

第一章　概　論

　　有歷史發生成長的地區，不一定有史學。埃及、印度、
巴比倫都是文明古國，而無史學可言❶。由悠久的歷史，蔚
為綿延不絕的史學，在人類文化史上，是極為值得珍視的一
種發展。中國自上古以來，史學賡續發展，兩千餘年，未嘗
一日中絕，其餘力復開闢鄰近國家的史學，如日本、韓國、
越南等國，其史學無一不深受中國史學的影響❷。西方世界，
自希臘時代起，經過羅馬、中世紀、文藝復興而至近代，史
學發展成一門燦爛的學問，德、義、英、法、美等國的史學，
都是屬於此一史學系統。舉世史學，最值稱道謳歌者，不出

---

❶　沈剛伯師於〈古代中西史學的異同〉一文云：「古代的民族，像
　　埃及、蘇米爾人、巴比倫、亞述、希伯來人與波斯等，他們統
　　統留下了各種不少的文字記錄；但這些都只是他們的歷史記
　　錄，而不能說是他們的史學。在古代，有史學的只有東方的中
　　國與西方的希臘。」（收入《沈剛伯先生文集》，中央日報出版，
　　民國七十一年初版；原載民國五十三年十月十二日《徵信新
　　聞》。）Herbert Butterfield, *The Origins of History*, 1981, p. 208:
　　"Some countries and civilizations, of which India is the most
　　important, did not previously have what we should today call a
　　historiography."
❷　詳見朱雲影〈中國史學對於日韓越的影響〉一文（原載《大陸
　　雜誌》第二十四卷第九、十、十一期，民國五十一年五至六月）。

此兩大系統。所以中國史學與西方史學應是世界史學的最大遺產❸。

世界兩大系統的中西史學，是中西不同文化下的產品，相去絕遠，各自獨立發展兩千餘年，不通聲息。以中國方面而言，十九世紀中葉以前，中國史學自闢蹊徑，不受西方史學任何激盪。中國史學也未曾輸入西土❹。比較相去絕遠的中西史學，所遭遇的困難與所引起的附會，是可以想像的。「如果東方學者能從西方史學獲得啟示，那麼西方學者非到他瞭解了東方，否則將永不能領悟到重要問題的神奧處。一旦我們試著超越我們自己的思想界，等量齊觀地看中西兩大史學系統，主要的分歧，便暴露無遺。此兩文化對歷史與傳統皆有其可怕的成見；兩者歷史精神太不相同，兩者思想系統（太不相同的系統）太複雜。」❺一位西方學者如此說，不

---

❸ 中國史學與西方史學之外，世界上自有其他的史學，如阿拉伯史學即為其一，但皆難與中西史學分庭抗禮。

❹ 詳見拙文〈西方史學輸入中國考〉（原載《臺大歷史學報》第三期，民國六十五年五月）。惟該文斷定西方史學的輸入，大致在清政權將結束的十餘年間。近來則覺時間稍微移前較妥。

❺ Herbert Butterfield, History and Man's Attitude to the Past, in *Listener*, 21 September, 1961: "But if the oriental student may gain hints from Western historiography, the Western student can never learn the profundity of the problems that he has to face until he acquaints himself with the East. It is when we try to transcend our own circle of ideas, and see, standing side by side, the two great systems of historical scholarship—the Western and the Chinese—that the basic issues become apparent. These two civilizations are

是過分誇張的。所以贊成與反對比較中西史學的言論，甚為龐雜。有人既說：「中國豐富的史籍，像是備官僚偶然的參考，而不是較廣大群眾的普通讀物。我時常懷疑，當西方史學脫離蘭克 (Leopold von Ranke, 1795–1886) 的一些健全的指導時，是否不走此同一的路線？這裡或許是一個更進一步的原因，為什麼西方學者應該審查東方。研究東方學問的人可能不原諒我，但是如果我說西方學者必須注意中國僅為了習知史學如何可能走錯路就好了，他們將瞭解我。」❻ 後來又說：「當歷史寫作形成其傳統的悠長時期中，中國與西方隔絕，完全獨立發展，以致臻於『褊狹』的極端。同樣的原因，在西方史學的發展之中，中國的作品不是因素。不過，這一些都不能使中國的成就絲毫對我們不重要。欲將歷史寫作的興起與人類早期的信仰連接起來，與民族的歷史經驗連結起來，

---

remarkable for their tremendous preoccupation with history and tradition: yet two vastly different historical mentalities are involved, and two complicated systems (vastly different systems) of ideas."

❻ Ibid.: "In all its copiousness, it seemed intended more for a bureaucrat to refer to on special occasions than as general reading for a wider public. I sometimes wonder whether Western historiography, as it breaks away from some of the healthy teaching of Ranke, is not moving in the same direction. Here it perhaps a further reason why the Western student should examine the East. Orientalists may not forgive me, but they will understand me, if I say that the Western student ought to look to China if only in order to learn how historical scholarship may go wrong."

此為可作比較基礎的一例,而使討論到達較深的水準。」❼「將中國與歐洲的自然科學與史學放在一起作比較,在世界史的研究上,是適當的起點。雖然此兩傳統在起源與成長方面各自獨立,彼此並非隔離到無法溝通。如果西方人可略去中國史學的一些纖細,他也可以承認其優美部分。嘗試窺見此兩系統之間的不同,可以讓我們洞察到『世界史』(Universal History) 的特質,並可察及文化比較研究的內涵。」❽ 前者認

---

❼ Herbert Butterfield, *The Origins of History*, p. 139: "During the long period in which the tradition of its historical writing was taking shape, China was so cut off from the West that it took an entirely independent course, achieving the extreme of what we call 'insularity'. For the same reason the productions of the Chinese are not a factor in the development of Western historiography. Yet all this does not make the Chinese achievement a whit less important to us. Those who try to relate the rise of historical writing to men's early beliefs, and to the historic experience of the nations concerned, will find in this example a basis for comparisons which carry the argument to a deeper level. In such a matter it is possible that one can never properly envisage one's own tradition until one has found another with which to make comparison and contrast."

❽ Ibid.: "A comparison of either the natural science or the historiography of China with that of Europe is an appropriate starting-point for this kind of investigation. Though the two traditions are independent in both their origin and their growth, they are not so locked away from one another as to be incapable of intercommunication. If the Westerner may miss some of the subtleties of Chinese historiography, he can also recognise some of

為中國史學走錯了路，西方無法從中國史學得到好處，與西方史學作比較研究，自然沒有必要了；後者則完全承認中西史學比較研究的重要性，並認為是世界史研究的起點。一人的言論，而前後不侔如此。其他絕對贊成或完全反對者，自紛紛出於其間了。

　　「歷史探索 (historical investigation) 攫獲新義，幾乎經常靠與其他時代互作比較（主要與我們自己的時代比較），與其他地區互作比較（主要與外國地區比較）。」❾ 比較方法在歷史研究上所發生的重大作用，不容否認。中西史學分途發展兩千餘年，有其絕相殊異處，亦有其遙相吻合處。其絕相殊異處，可以互相切磋，互相彌補，史學的內容，由此得以豐富。其遙相吻合處，不能單純地解釋為一種偶合，而是人類智慧的共同創獲，這種共同創獲，往往是史學上顛撲不破的真理所在 ❿。所以比較中西史學，能冶兩者於一爐，而創出超乎兩者以上的世界性新史學。學術上的盛事，孰過於此?!

---

its beauties. An attempt to see what lies behind the differences between the two systems may give us an insight into the nature of 'Universal History' and a glimpse of what is involved in the comparative study of civilizations."

❾　M. M. Postan, *Fact and Relevance*, Essays on Historical Method, 1971, p. 20: "Wherever historical investigation makes an appeal to intelligence, there is almost always an implied comparison with some other epoch, mostly our own, and an implied comparison with other places, mostly foreign."

❿　詳見拙著《史學方法論》(三民書局總經銷，民國六十八年初版，民國七十六年增訂九版) 第二十二章〈比較史學與世界史學〉。

　　中西古代史學的比較，在中西史學的比較研究上，尤其扮演最重要的角色。研究史學的起源以及史學原理的創獲等史學史上的大問題，非自中西古代史學比較起，無法獲得令人興奮的結論。西方有些反對中西比較的學者，認為惟一可以比較的，是西方與早期的中國 ❶。中國方面已有學者初步作了中西古代史學異同的比較 ❷。中西古代史學的盛會，現在應是一個新時刻。

　　本書所謂中西古代史學，中國係指先秦、兩漢的史學，西方係指希臘、羅馬的史學。現在嘗試從史學的起源、史學原理的創獲以及史學著述的成績等方面作比較。能否有一得之愚，不敢預期，惟平心以察中西古代史學異同的苦心，則可與海內共白。

---

❶　Herbert Butterfield, *The Origins of History*, p. 153:"Some scholars have suggested that, since China stood alone, locked away from other countries and other civilizations of the world, her students of public affairs were unable to compare conditions of other lands. The only comparison they could make was with the China of former periods, or with what they thought had existed in earlier times."

❷　沈剛伯師有〈古代中西史學的異同〉與〈古代中西的史學及其異同〉兩文，都是由演講而形之於文，精見迭出，收入《沈剛伯先生文集》中。

第二章　史學的起源比較

　　史學的起源，是史學史研究上最重要的問題之一。人類為什麼對過去發生興趣，而開始記錄往事？史學的出現，與此有最密切的關係。這是西方史學家所盛稱的歷史觀念 (historical mindedness)。西方史學家給予一種文化以極高的評價，往往以其富有科學特性與歷史觀念二者作為標準。而且他們一致很肯定的認為西方文化除具備科學特性外，最富歷史觀念。

　　「西方人永遠富有歷史觀念，此一特徵，在過去兩世紀更格外顯著。」❶「不像其他文化，我們的文化經常極端注視其過去。……我們的初祖希臘人與羅馬人，是屬於寫歷史的民族 (history-writing peoples)。基督教是一史學家的宗教。」❷「我們『正進入世界史的時代』，西方文化現已擴及整個世界；

---

❶　J. R. Strayer 寫 Marc Bloch (1886–1944)《史學家技術》(*The Historian's Craft*) 一書的〈導論〉(Introduction) 時強調: "Western man has always been historically minded, and this trait has been accentuated during the last two centuries." (Marc Bloch, *The Historian's Craft*, 1954, p. vii.)

❷　Marc Bloch, *The Historian's Craft*, p. 4: "Unlike others, our civilization has always been extremely attentive to its past. ...Our first masters, the Greeks and the Romans, were history-writing peoples. Christianity is a religion of historians."

科學的方法或歷史的專業研究 (the professional study of history)，已非復歐洲與美洲的學術專科 (intellectual monopolies)。惟歷史意識 (historical consciousness)❸仍顯然是『西方的』。」❹「西方社會經常富有歷史觀念，擁有可觀的以往文獻，其性質與數量與任何其他已知文化所存留者不同。所以如此的原始力量，來自希臘的天才。其次的因素，是基督教的影響。基督教始終是寓有歷史意識的，不同於佛教與婆羅門教，或任何其他東方的宗教。」❺「祇有源自猶太與希臘的文化，歷史受到重視。」❻「西方文化從猶太基督教

---

❸ historical consciousness 與 historical mindedness 意義甚為接近。

❹ John Lukacs, *Historical Consciousness*, 1968, p. 23: "'We are entering the age of universal history.' Western civilization has now spread all over the world; neither the scientific method nor the professional study of history are any longer European and American intellectual monopolies. Yet historical consciousness is still something specifically 'Western'."

❺ J. W. Thompson, *Preface to A History of Historical Writing*, 1942, p. vii: "Western society has always been historically minded, and possesses a mass of literary evidence on its past which differs in quality and quantity from that of any other culture known. The primary force in this direction came from the Greek genius. The next factor has been the influence of Christianity, which has always been history-conscious, unlike Buddhism and Brahmanism, or any other oriental religion, ancient or modern. Finally, the advance of modern science and the material progress achieved in the last two centuries have profoundly affected the thinking of the Western world."

継承了一種特別強烈的歷史意識。」❼ 種種類似的論調，不勝枚舉。他們從基督教及其初祖希臘人羅馬人兩方面，推衍出西方文化在世界文化中最富歷史觀念。不過他們也常常說：「西方人在十九世紀，已富有歷史觀念，適如其在十七世紀已富有科學觀念一樣。」❽「在過去三、四世紀，我們的文化最重要的發展，不僅為科學方法的應用，同時為歷史意識的增長。」❾「沒有任何文化比西歐 1450 年到 1850 年間的文化更富歷史觀念。」❿「很多早期的編年史 (annals)，並非源於恢復既往的動機，僅欲為君王留不朽於將來而已。在美索不

---

❻ G. R. Elton, *The Practice of History*, 1967, p. 12: "Only in the civilization looks back to the Jews and Greeks was history ever a main concern."

❼ Arthur Marwick, *The Nature of History*, 1970, p. 13: "Our own Western civilization has inherited from Judaeo-Christianity a particularly strong sense of history."

❽ Alan Richardson, *History Sacred and Profane*, 1964, p. 103: "Western man became historically-minded in the nineteenth century, as in the seventeenth century he had become scientifically-minded."

❾ John Lukacs, *Historical Consciousness*, p. 5: "I believe that the most important developments in our civilization during the last three or four centuries include not only the applications of the scientific method but also the growth of a historical consciousness."

❿ Herbert Butterfield, History and Man's Attitude to the Past, in *Listener*, 21 September, 1961: "I believe that no other civilization became historically minded in the way that western Europe did between 1450 and 1850."

達米亞蔚成一趨勢，凡闡釋百事，皆追尋其淵源，此實變為歷史寫作的強有力的原動力。所以在巴比倫引導出宇宙創造的故事、洪水的故事及巴比倫塔的故事出來了。在西方世界以及東方，歷史多歸功於掌管曆法的官吏。此類官吏，皆記錄意義重大事件的日期。在東方，歷史特別有賴於一類秘書，他們掌管純為商業性質的記錄，最初一點也不是為了綿延歷史。」⑪「西方最先發展歷史文獻的人，是大帝國的領袖，他們寫他們的現在，寫他們自己，希望其在戰爭上的勝利及其他功業，永為後代所記憶。……西方最早留下的大量歷史文獻，不是對過去有興趣的人們的作品——他們僅渴望其事業功勳永垂後世，這種情勢最低限度維持了千年之久。」⑫ 如此

---

⑪ Ibid.: "Many of the early annals did not spring from any urge to recover the past—they were really attempts on the part of monarchs to perpetuate their memory in the future. In Mesopotamia there developed a tendency to explain things by inquiring into their origins. This was to become a powerful motor behind historical writing, and in Babylon it led to the stories of the creation, the Flood, and the Tower of Babel. In both the Western world and in the Orient, history owed much to the officer who had charge of the Calendar and who entered on its pages the dates of significant events. Particularly in the East it owed much to a kind of secretary who kept records for business purposes and not at all, at first, for historical reason."

⑫ Herbert Butterfield, Universal History and the Comparative Study of Civilization, in Sir Herbert Butterfield, Cho Yun Hsu, and William H. McNeil on *Chinese and World History*, 1971, p. 19: "The first people who developed historical literature were the

看起來，西方史學家主要認為十五世紀以後的西方文化最富歷史觀念，同時認為很多早期的編年史，並非源於恢復既往的動機，西方最早留下的大量歷史文獻，不是對過去有興趣的人們的作品。「刺激歷史記錄的在最初不是對過去發生興趣，不是所謂歷史的興趣。」❸西方文化中的歷史觀念，到那裏去尋源呢？西方所恃以傲世的初祖希臘人與羅馬人，雖是屬於寫歷史的民族，但是在西方史學家的心目中，「就像亞洲古代文化一樣，希臘、羅馬的古典文化，基本上是非歷史的 (unhistorical)。我們已看清楚歷史之父希羅多德 (Herodotus c. 484–425B.C.) 絕少繼承人；古典作家 (the writers of classical antiquity) 大體上不大關心將來與過去。修昔底德 (Thucydides, c. 460–400B.C.) 認為在所描述的事件以前與以後發生些什麼，都無意義。」❹「當時希臘思想錮蔽於反歷史

---

leaders of great military empires who wrote about their own present times, wrote about themselves—they were monarchs who wanted their victories in war to be remembered by future generations. ...The first big body of historical literature in my region of the globe was the work of people not interested in the past at all—they were just anxious that their own deeds, their own successes, should be remembered by future generations. And that was the situation for at least a thousand years."

❸ Herbert Butterfield, The History of the East, in *History*, Vol. XLVII, No. 160, June, 1962, p. 161: "The stimulus behind historical records is at first not an interest in the past as such—not an interest that we should call historical."

❹ E. H. Carr, *What is History?* 1961, pp. 103–104: "Like the ancient

的趨勢 (antihistorical tendency) 之中。天才的希羅多德戰勝了那一趨勢，但是在他以後，不變與永恆知識的尋求，逐漸窒息了歷史意識。」❺「在希臘哲學家眼中，歷史似乎是根源於一個充滿野心和激情，短暫且又虛幻的世界，而哲學正是要將人從這樣的世界中拯救出來。像西元前一世紀婆塞東尼斯 (Posidonius) 那樣，一位哲學家改行寫歷史並樂在其中的，不但絕無僅有，甚至幾乎是不可思議的。這種哲學對史學家造成的壓力，曾誘使某些史學家將他們的著作變得像哲學小說一般。」❻「所有希臘哲學家，直到新柏拉圖主義者

---

civilization of Asia, the classical civilization of Greece and Rome was basically unhistorical. As we have already seen, Herodotus as the father of history had few children; and the writers of classical antiquity were on the whole as little concerned with the future as with the past. Thucydides believed that nothing significant had happened in time before the events which he describe, and that nothing significant was likely to happen thereafter." 類似的論見，亦見於 R. G. Collingwood, *The Idea of History*, 1946, pp. 25–29.

❺ R. G. Collingwood, *The Idea of History*, p. 29: "The Greek mind tended to harden and narrow itself in its anti-historical tendency. The genious of Herodotus triumphed over that tendency, but after him the search for unchangable and eternal objects of knowledge gradually stifled the historical consciousness."

❻ Arnaldo Momigliano, History and Biography, in Moses Finley, ed., *The Legacy of Greece: A New Appraisal*, 1980, p. 163: "History seemed to philosophers to be rooted is that transient world of ambitions and passions from which philosophy was supposed to liberate man. A philosopher directly involved in

(Neo-Platonists) 的最後一位，明顯的其不關心歷史是一致的。」 **⑰**「你幾乎可以說，在古代的希臘，沒有史學家，僅有藝術家與哲學家；沒有人傾其畢生精力研究歷史；史學家僅是其時代的自傳家，而自傳不是一種職業。」**⑱**在希臘與羅馬，「歷史在教育中沒有確定的地位，沒有歷史教授。……有教育修養的人，傾向哲學，教育修養淺的人，傾向神奇與神祕崇拜。」**⑲**希臘思想錮蔽於反歷史的趨勢之中，希臘哲學家一

---

history-writing and obviously enjoying it, like Posidonius in the first century B.C., is sufficiently exceptional as to become mysterious. The pressure of philosophy on historians induced some of them to turn historical books into philosophical novels." 中文譯文參考邢義田譯〈歷史與傳記——古代希臘史學新估〉，《史學評論》第七期，民國七十三年四月。(收入邢義田譯著《西洋古代史參考資料(一)》，聯經出版公司，民國七十六年初版。)

⑰ M. I. Finley, *The Use and Abuse of History*, 1971, p. 12: "All Greek philosophers, to the last of the Neo-Platonists, were evidently agreed in their indifference to history."

⑱ R. G. Collingwood, *The Idea of History*, p. 27: "One might almost say that in ancient Greece there were no historians in the sense in which there were artists and philosophers; there were no people who devoted their lives to the study of history; the historian was only the autobiographer of his generation and autobiography is not a profession."

⑲ Arnaldo Momigliano, *Essays in Ancient & Modern Historiography*, 1977, p. 174: "History had no definite place in education, and there was no professor of history. ...The educated man turned to philosophy and the less educated to magic and

致不關心歷史，沒有人傾畢生精力研究歷史，歷史在教育中沒有確定的地位，這樣的希臘文化，推而至於羅馬文化，基本上是非歷史的，沒有多少歷史的觀念 ❷。天才的希羅多德戰勝了環境，創造了歷史 ❷，創造了西元前五世紀的希臘史學，但是西元前四世紀的時候，其所創的史學便中斷了 ❷。所以一位西方史學家在評論希臘史學的地位時，便這樣說：「事實上，希臘史學從不曾取代哲學或宗教，也從未被後二者所全心接受。在希臘人的心目中，史學從未真正有確立的地位。」❷ 西方所恃以驕傲的西方史學搖籃的希臘，其史學地位的低微如此，是令人驚訝的現象。其史學地位所以低微，由於希臘文化中的歷史觀念沒有多少，那麼談史學的起源這一問題，在西方又怎能有令人興奮的發現呢？

---

mystery cults.”

❷ 參見 Herbert Butterfield, *The Origins of History*, p. 118.

❷ 西方史學界差不多一致承認希臘人創造了歷史（參見 J. B. Bury, *The Ancient Greek Historians*, 1909, p. 1; Michael Grant, *The Ancient Historians*, p. xiii; M. I. Finley, *The Use and Abuse of History*, p. 11），也公推希羅多德為歷史之父，那麼說希羅多德創造了歷史，似不為過。

❷ 參見 Herbert Butterfield, *The Origins of History*, p. 118; R. G. Collingwood, *The Idea of History*, pp. 25–29; E. H. Carr, *What is History?* pp. 103–104.

❷ Arnaldo Momigliano, *History and Biography*, p. 182: “The fact is that Greek historiography never replaced philosophy or religion and was never wholeheartedly accepted by either. The status of historiography was never clearly settled among the Greeks.”

　　研究「歷史思想的興起」❷，研究人類「對過去意識的發展」❷，也就是研究史學的起源，從中國則能得到令人興奮的發現 (the exciting discoveries) ❷。記錄與追念的原始，誠然是歷史與人類學的重大問題之一❷。在此一論題上，沒有比來自中國的見解更為重要的。

　　中國自黃帝以來，有史官的設立，即使遲一點說，從三代起，中國必有史官，而且史官的數目，相當可觀，從中央到地方，都設史官，一直到清代，中國沒有一代沒有史官（民國例外）。這是世界其他國家其他民族所沒有的。史官的職務，主要為記事。遠古的史官，職務自然極繁，近乎卜祝之間，掌理天人之間各種事務，可是不能否認的，記事是他們重要的職務之一❷。而且中國遠古史官的記事，是起源於歷史的

---

❷　Herbert Butterfield, The History of the East, in *History*, Vol. XLVII, No. 160, June 1962, p. 158.

❷　Ibid.

❷　Ibid., p. 160.

❷　Ibid.: "The origins of records and commemorations is one of the grand questions of history and anthropology."

❷　近人撰文討論「史」字的涵義及史官的職務者，殆難枚舉。如王國維的〈釋史〉（《觀堂集林》卷六），劉師培的〈古學出於史官論〉（《國粹學報》一卷四期，1905 年），朱希祖的〈史官名稱議〉（《說文月刊》三卷八期，民國三十一年九月），勞榦的〈史字的結構及史官的原始職務〉（《大陸雜誌》十四卷三期，民國四十六年十二月），胡適的〈說「史」〉（《大陸雜誌》十七卷十一期，民國四十七年十二月），戴君仁的〈釋「史」〉（《文史哲學報》十二期，民國五十二年十一月），李宗侗的〈史官制度——附論對傳統之尊重〉（《文史哲學報》十四期，民國五十四年十

興趣的，是為了綿延歷史。無數人每天記錄發生的事件，千百年如一日，不能說是沒有歷史的興趣，不能說不是為了綿延歷史。何況中國的史官，神聖獨立，正直不屈❷，其記事遵守共同必守之法，「君舉必書」，「書法不隱」❸。為保留真歷史，每冒生命危險。《左傳》上有兩段記載：

> 「宣公二年，趙穿攻靈公於桃園，太史書曰：『趙盾弒其君』，以示於朝。宣子曰：『不然。』對曰：『子為正卿，亡不越竟，反不討賊，非子而誰?』宣子曰：『嗚呼! 我之懷矣，自詒伊慼，其我之謂矣!』孔子曰：『董狐古之良史也，書法不隱。』」

> 「襄公二十五年，太史書曰：『崔杼弒其君』。崔子殺之，其弟嗣書，而死者二人，其弟又書，乃舍之。南史氏聞太史盡死，執簡以往，聞既書矣，乃還。」

一月)，沈剛伯的〈說「史」〉(《大華晚報・讀書人》，民國五十九年十二月十七日)，徐復觀的〈原史——由宗教通向人文的史學的成立〉(《新亞學報》十二卷，1977 年 8 月)，皆其著者。

❷ Herbert Butterfield 於 *The Origins of History* 一書頁 142 論中國的史官云：「即使在古代，史官每天記錄發生的事件。……『史』被視為神聖獨立，正直不屈。」(Even at an early date, he (the shih) recorded events as they happened, day by day, ..."The shih" was supposed to act as an independent authority and to be a man of great integrity.) 一個外國史學家看中國的史官有如此，其驚訝是可以想像的。

❸ 語出《左傳》莊公二十三年、宣公二年。討論中國史官記事遵守共同必守之法，說詳見柳詒徵《國史要義・史權篇》。

　　這是何等直書的精神！所以中國的史官，不是政治性的，不是為政治而歷史的，而是為歷史而歷史的，君舉必書，書法不隱，君王無法操縱歷史，史官負有神聖的歷史使命，直書當代所發生的事件，那麼這不是一種歷史興趣嗎？這不是一種極濃厚的歷史觀念嗎？中國最早留下的大量歷史文獻，不是對過去有興趣的人們的作品嗎？中國史官所以能如此，自然是「國家法律尊重史官獨立，或社會意識維持史官尊嚴，所以好的政治家不願侵犯，壞的政治家不敢侵犯，侵犯也侵犯不了。」❸「這種好制度不知從何時起，但從春秋以後，一般人暗中都很尊重這無形的法律。」❸這又是整個中國民族及國家的富有濃厚的歷史觀念了。

　　中國古代瀰漫以歷史作鑒戒的觀念。如《尚書・召誥》云：「我不可不監于有夏，亦不可不監于有殷。」《詩經・節南山》云：「國既卒斬，何用不監。」《詩經・文王》云：「殷之未喪師，克配上帝，宜鑒于殷，駿命不易。」「命之不易，無遏爾躬，宣昭義問，有虞殷自天，上天之載，無聲無臭，儀刑文王，萬邦作孚。」《詩經・蕩》云：「殷鑒不遠，在夏后之世。」《尚書・召誥》是西周初年的作品，《詩經・節南山》、〈文王〉、〈蕩〉諸篇，屬於〈小雅〉及〈大雅〉部分，作於西周初年到東周初年❸，可知以歷史作鑒戒的觀念，在中國

---

❸　梁啟超《中國歷史研究法補編》，頁 154。

❸　同上。

❸　〈大雅・文王〉篇，係西周初年的作品，〈蕩〉篇係西周末年的作品。〈小雅・節南山〉篇可能作於東周初年，說詳屈萬里著《先秦文史資料考辨》（聯經出版公司，民國七十二年）第二章，頁

的上古時代，已極流行，形之於詩歌，載之於誓誥，殷殷以夏為鑒，以殷為鑒。「殷鑒不遠」，在中國也差不多成為一種口頭禪了。以歷史作鑒戒的觀念，是一種歷史的觀念，史學的興起，與此有最大的關係。因為要鑒戒，所以要留歷史，「史不絕書」❸❹，遂成為中國古代的盛況，這是世界任何其他國家其他民族所未出現過的盛況。直書似乎也由此鑒戒的觀念發展而來。「君舉必書」，「書法不隱」，皆為昭鑒戒。「書而不法，後嗣何觀？」❸❺更是積極的約束君主的行為了。

戰國初年的墨子，曾倡言兼相愛交相利先聖六王親行之，彼何以知先聖六王親行之？「吾非與之並世同時，親聞其聲見其色也。以其所書於竹帛，鏤於金石，琢於盤盂，傳遺後世子孫者知之。」❸❻這是肯定將歷史書於竹帛，鏤於金石，琢於盤盂的功用。何以書於竹帛，鏤於金石，琢於盤盂？「古之聖王欲傳其道於後世，是故書之竹帛，鏤之金石，傳遺後世子孫，欲後世子孫法之也。」❸❼這是直接出於鑒戒的觀念。所以中國古代歷史記錄的盈積，由於以歷史作鑒戒的觀念瀰漫。史學自此而孕育，而成長。

333-334。

❸❹ 《左傳》襄公二十九年，叔侯曰：「魯之於晉也，職貢不乏，玩好時至，公卿大夫，相繼於朝，史不絕書，府無虛月。」兩國交往，其記錄不絕如此。又《左傳》僖公七年，管仲曰：「夫諸侯之會，其德刑禮義，無國不記。記姦之位，君盟替矣。作而不記，非盛德也。」諸侯之會記錄如此，他可知矣。

❸❺ 《左傳》莊公二十三年。

❸❻ 《墨子》卷四〈兼愛下〉。

❸❼ 同書卷十二〈貴義〉。

　　中國古代流傳著很多古聖王的歷史故事，這些古聖王的歷史故事，雖然在各載籍間的記載，頗有出入，但是其被用作鑒戒，則是一致的。儒家「祖述堯舜，憲章文武」❸，固不必論。即使是反對法古的法家，也時時引及歷史的例子。如云：「前世不同教，何古之法？帝王不相復，何禮之循？伏羲、神農，教而不誅；黃帝、堯、舜，誅而不怒；及至文、武，各當時而立法，因事而制禮。禮法以時而定，制令各順其宜，兵甲器備，各便其用。……故曰：治世不一道，便國不必法古。湯武之王也，不脩古而興。殷夏之滅也，不易禮而亡。」❸「古人亟於德，中世逐於智，當今爭於力。古者寡事而備簡，樸陋而不盡，故有珧銚而推車者。古者人寡而相親，物多而輕利易讓，故有揖讓而傳天下者。然則行揖讓高慈惠而道仁厚，皆推政也。處多事之時，用寡事之器，非智者之備也。當大爭之世，而循揖讓之軌，非聖人之治也。」❹為了說明不必法古，為了說明政治隨時代變遷，皆用歷史的例子作論證，這是極耐人尋味的。大凡中國秦代以前的人，凡建一言，立一說，多將基礎建立在歷史事實上，以歷史作鑒，同時以歷史作證據，這真是極濃厚的歷史觀念了。

　　中國古代的思想界，沒有出現過任何反歷史的趨勢。儒家是最尊重歷史的，孔子「述而不作，信而好古」❹；孟子

---

❸　《禮記》卷三十一〈中庸〉。

❸　《商君書‧更法第一》。按《商君書》非出於商鞅之手，係後人記述其言論與事蹟，其成書大概在戰國末年以前。

❹　《韓非子》卷十八〈八說〉。

❹　《論語‧述而》。

「尚論古之人，頌其詩，讀其書」❷。「無徵不信」❸，是儒家的信條。所以孔子說：「吾說夏禮，杞不足徵也。吾學殷禮，有宋存焉。吾學周禮，今用之，吾從周。」❹「君子之道，本諸身徵諸庶民，考諸三王而不繆，建諸天地而不悖，質諸鬼神而無疑，百世以俟聖人而不惑。」❺徵之歷史，考之歷史，垂之百世，這是何等的歷史態度！「儒家精神來自遠古，由遠古流變經過幾千年貫串到現在。」❻「儒家最注重歷史變遷的發展與歷史的統一性、歷史的承續性。」❼近人如此論儒家，是極為真確的。與儒家接近的墨家，也極尊重歷史，墨子謂言有三法，「有考之者，有原之者，有用之者。惡乎考之？考先聖大王之事。惡乎原之？察眾之耳目之請。惡乎用之？發而為政乎國，察萬民而觀之。」❽言而「考先聖大王之事」，其尊重歷史為何如？墨子南遊使衛，載書甚多❾，其中可能多為「商周虞夏之記」❿一類的歷史記載。儒墨同道堯舜，也是相同的。儒墨以外的道家與法家，也沒有反歷史的傾向。道家中的莊子云：「若夫乘道德而浮游則不然。無譽無訾，一

---

❷ 《孟子‧萬章下》。

❸ 《禮記‧中庸》。

❹ 同上。

❺ 同上。

❻ 方東美《原始儒家道家哲學》（黎明文化公司，民國七十二年九月初版）第二章〈原始儒家思想〉，頁46。

❼ 同上。

❽ 《墨子‧非命》。

❾ 同書〈貴義〉。

❿ 同書〈非命〉。

龍一蛇，與時俱化，而無肯專為；一上一下，以和為量，浮游乎萬物之祖；物物而不物於物，則胡可得而累耶？此黃帝神農之法則也。」❺❶這是尊重堯舜以前的歷史。法家中的管子云：「古者三王五伯，皆人主之利天下者也。故身貴顯，而子孫被其澤，桀紂幽厲，皆人主之害天下者也，故身困傷，而子孫蒙其禍。故曰，疑今者察之古，不知來者視之往。神農教耕生穀，以致民利；禹身決瀆，斬高橋下，以致民利；湯武征伐無道，誅殺暴亂，以致民利。故明王之動作雖異，其利民同也。故曰，萬事之任也，異起而同歸，古今一也。」❺❷這是尊重歷史的強烈表現。大抵當時的思想界，極為流行「尊古而卑今」的觀念❺❸。尊古自是尊重歷史。所以拿錮蔽於反歷史趨勢之中的希臘思想界與中國先秦思想界相比較，不啻有霄壤之別。希臘哲學家一致不關心歷史，中國先秦思想家則時時致敬意於歷史。中西的不同有如此。

中國古代幾部代表性的史書，如《春秋》、《史記》、《漢書》，其寫作的動機，為垂鑒戒，也為存往事。「《春秋》之稱，微而顯，志而晦，婉而成章，盡而不汙，懲惡而勸善。」❺❹《春秋》所以垂鑒戒，是極為明顯的。但是「周室既微，載籍殘缺，仲尼思存前聖之業，乃稱曰：『夏禮吾能言之，杞不足徵也。殷禮吾能言之，宋不足徵也。文獻不足故也。足則吾能徵之矣。』以魯周公之國，禮文備物，史官有法，故與左丘明

---

❺❶　《莊子・山木》。

❺❷　《管子・形勢解》。

❺❸　《莊子・外物》云：「尊古而卑今，學者之流也。」

❺❹　左丘明稱美《春秋》之語，見《左傳》成公十四年。

觀其史記，據行事，仍人道，因興以立功，敗以成罰，假日月以定曆數，藉朝聘以正禮樂。」❺孔子為存往事而作《春秋》，也昭昭然不可誣。司馬遷作《史記》，為垂鑒戒，更為存往事。其父司馬談臨終時所言：「自獲麟以來四百有餘歲，而諸侯相兼，史記放絕。今漢興，海內一統，明主賢君忠臣死義之士，余為太史而弗論載，廢天下之史文，余甚懼焉。」❺很清楚的寓有濃厚的存往事的意味。司馬遷繼其父志，網羅天下放失舊聞，寫成了一部一百三十卷的《史記》，主要是為存往事。班固著《漢書》，同樣存往事的意味甚濃，「漢紹堯運，以建帝業，至於六世，史臣乃追述功德，私作本紀，編於百王之末，廁於秦、項之列。太初以後，闕而不錄。故探纂前記，綴輯所聞，以述《漢書》」，班固在〈敘傳〉裡面，說的十分清楚。以歷史作鑒戒的觀念以外，存往事的觀念極早出現，是中國史學最可以向世界驕傲的地方。為存往事，中國的古史官有時棄國出奔，「夏太史令終古出其圖法，執而泣之，夏桀迷惑，暴亂愈甚，太史令終古乃出奔如商。」❺「殷內史向摯見紂之愈亂迷惑也，於是載其圖法，出亡之周。」❺「晉太史屠黍見晉之亂也，見晉公之驕而無德義也，以其圖法歸周。」❺這似乎又是中國宋元之際所出現的「國可滅，史不可滅」的歷史觀念的遠源了 ❻。

---

❺　《漢書・藝文志》。

❺　《史記・太史公自序》。

❺　《呂氏春秋》卷十六〈先識覽〉。

❺　同上。

❺　同上。

中國古代史學家為存往事而寫史，其寫史係源於恢復既往的動機，刺激歷史記錄的在古代的中國係對過去發生興趣，是所謂歷史的興趣；中國最早留下的大量歷史文獻，更是對過去有興趣的無數史官的作品；中國古代思想界也沒有出現任何反歷史的趨勢。如此說起來，研究史學的起源，也就是研究歷史思想的興起，研究人類對過去的意識的發展，從中國最能得到令人興奮的發現。西方世界所絕無的現象，在中國則發生了。這是中國古代史學領先西方古代史學者之一。

---

❻　詳見拙文〈國可滅，史不可滅〉，《時報雜誌》第四期，民國六十八年十二月三十日。

第三章　史學原理的創獲比較

史學上隱伏著許多原理，有待史學家逐漸地去創獲。一種史學的進步高明與否，端視其創獲史學原理的多少而定。中西古代史學各創獲了那些史學原理？其異同深淺如何？細作比較，能有極富意義的發現。

紀實、闕疑、求真、懷疑是決定史學水準的四項史學原理。其出現在中西古代史學上的情況如何呢？下面試作比較：

㈠紀　實

西方十九世紀大史學家蘭克序其大著《一四九四年至一五三五年羅馬民族與日爾曼民族史》（*Geschichte der Romanischen und Germanischen Völker von 1494 bis 1535*）云：「世人咸認歷史的職務，為鑒既往，明當代，以測未來。本書則無此奢望，所欲暴陳者，僅為往事的真相而已（Wie es eigentlich gewesen，英文譯為 what actually happened 或 how things actually were）。」❶自此「暴陳往事的真相」成為西方

---

❶ Preface: Histories of the Latin and Germanic Nations from 1494–1535, in Fritz Stern's *The Varieties of History*, 1956, p. 57: "To history has been assigned the office of judging the past of instructing the present for the benefit of future ages. To such high

史學中最有名與最有影響力的格言。1969 年英國史學家浦朗穆 (J. H. Plumb, 1911–2001) 在其所著《過去的死亡》(*The Death of the Past*) 一書中就執此以批評中國史學了:「自文藝復興以來,史學家逐漸決定致力於瞭解曾經發生的往事,為瞭解而瞭解,不是為宗教,不是為國運,不是為道德,也不是為神聖化的制度;……史學家日趨於窺探往事的真相,而希望自此建立有歷史根據的社會轉變的軌跡。這是一西方的發展,本人認為如此。部分我所尊敬的史學家,將持異議,他們會感覺我過份誇大了中國與西方史學的區別。竭盡能力閱讀翻譯作品,我已知曉中國史學的精細,知曉中國史學的重視文獻,知曉中國史學的發展其制度變遷的觀念,已大致能排除借歷史以衍出的天命觀念。中國唐代史學家顯然遠優於恩哈德 (Einhard) 或奧圖 (Otto of Freising),或任何中世紀早期編年家,就像中國聖人在技藝或行政方面的優越一樣。但是中國史學的發展,永遠沒有突破通往真歷史的最後障礙——希望窺探往事的真相,不顧由此引發與利用過去的時賢衝突。中國人追逐博學,然永遠沒有發展批判史學 (critical historiography)。批判史學是過去兩百年西方史學家的重要成就。至於中國人永遠沒有意思視歷史為客觀的瞭解 (objective understanding),則更不待細說了。」❷ 浦朗穆所謂「窺探往事

offices this work does not aspire: It wants only to show what actually happened."

❷ J. H. Plumb, *The Death of the Past*, 1969, pp. 12–13: "From the Renaissance onwards there has been a growing determination for historians to try and understand what happened, purely in its own

的真相」，與蘭克所謂「暴陳往事的真相」，大致相同，只是後者較為肯定、樂觀而已。立於其先者，則為紀實，完成之者，則為求真。就紀實方面來講，中國是否遠落於西方之後呢？

terms and not in the service of religion or national destiny, or morality, or the sanctity of institutions; ...the historians growing purpose has been to see things as they really were, and from this study to attempt to formulate processes of social changes which are acceptable on historical grounds and none others. This to my mind is a Western development. Some scholars whom I admire will disagree, for they feel that I exaggerate the difference between Chinese and Western historiography. I am aware, as far as reading of translations of secondary authorities permits, of the subtlety of Chinese historiography, of its preoccupation with documentation and its development of concepts of institutional change, which, to some extent, broke through the basic historical generalizations of the mandate of Heven concept. Obviously, Chinese historians of the T'ang dynasty were infinitely superior to Einhard or Otto of Freising or any other early medieval chronicler, as superior as Chinese sages were in technology or in administration. Be that as it may, their development never broke the final barriers that lead to true history一the attempt to see things as they were, irrespective of what conflict this might create with what the wise ones of one's own society make of the past. The Chinese pursued erudition, but they never developed the critical historiography which is the signal achievement of Western historians over the last two hundred years. They never attempted, let alone succeeded, in treating history as objective understanding."

中國在上古時代，史學上的紀實原理即已出現了。史官所表現的直書，「君舉必書」，「書法不隱」，「寧為蘭摧玉折，不作瓦礫長存」❸，像「南董之仗氣直書，不避強禦，韋崔之肆情奮筆，無所阿容。」❹是偉大的紀實精神。班固於《漢書・司馬遷傳》贊云：「自劉向、揚雄博極群書，皆稱遷有良史之才，服其善序事理，辨而不華，質而不俚，其文直，其事核，不虛美，不隱惡，故謂之實錄。」可見中國古代史學家司馬遷寫史能做到「其文直，其事核，不虛美，不隱惡」的地步，這是所謂實錄，也是所謂紀實，中國古代的學者、史學家劉向、揚雄以至班固，無疑問皆承認史學家寫史應如此。紀實於是變成中國古代史學上的一項原理。

反觀西方，史學上的紀實，遠落於中國之後。希臘羅馬史學家寫史，大用修辭學的方法，一位將軍在戰幕揭開前向軍隊的激昂演說，一位政客在議會上的慷慨陳詞，實際上沒有文獻的根據，而多係出於史學家的想像。英國當代女史學家司茂麗 (Beryl Smalley) 於《中世紀史學家》(*Historians in the Middle Ages*) 一書中云：

> 羅馬史學家的文章風格與治史方法，顯示出歷史與修詞學之間的密切關連。有文學上的慣例，史學家將演辭託諸其人物之口：一位將軍在戰爭揭幕前對其軍隊演說，一位政客在議會中提出其案件，諸如此類，讀者不必寄望其為真實錄音，甚或曾經說過的正確報告：

---

❸ 劉知幾《史通・直書》。

❹ 同上。

它們可能僅其大要，其真正作用為潤飾文章的風格。中世紀的學者，欣羨薩拉斯特 (Sallust) 的演辭，汲汲鈔撮。習俗准許不必斤斤計較於正確，時日可以不用，文獻不被蒐求。❺

　　羅馬史學家寫史如此，希臘史學家寫史亦然。修昔底德在其所著《伯羅邦内辛戰史》(History of the Peloponnesian War) 一書中，即寫入自己很多的想像，如伯里克里斯的葬禮演詞 (The Funeral Oration of Pericles)，實際上沒有文獻根據，而是由他自己想像當時伯里克里斯可能那樣講而寫的。利用虛構的演說道出輿論的大勢，是修昔底德的一項發明❻。以致虛構演說詞變成一種傳統❼，而史學流於修辭學的一支❽。

❺　Beryl Smalley, *Historians in the Middle Ages*, 1974, p. 19: "Both the style and the method of Roman historians show the close links between history and rhetoric. There were literary conventions. The historian puts speeches into his characters' mouths: a general addresses his troops before battle, a statesman puts his case in assembly, and so on. Readers are not supposed to take these as taperecordings or even as an accurate report of what was said: they may represent the gist of it, but their real function is to adorn the style. Medieval students delighted in Sallust's speeches and copied them eagerly. Convention allowed a certain freedom from accuracy. Dates could be dispensed with. Documentation was not called for."

❻　Arnaldo Momigliano, History and Biography, in Moses Finley, ed., *The Legacy of Greece: A New Appraisal*, pp. 161–162.

❼　Michael Grant, *The Ancient Historians*, 1970, p. 258.

史學家可以自出機杼，想像史事當時可能發生的情況而予以創造，在中國這是極端不可思議的。英國十九世紀史學家麥考萊 (Lord Macaulay, 1800–1859) 曾激烈的批評「希羅多德是一位可愛的傳奇小說家，修昔底德是最偉大的描繪全景的名家，但不是一位有深度的思想家，浦魯達克 (Plutarch, c. 46–127 A.D.) 幼稚，波力比阿斯 (Polybius, c. 200–118 B.C.) 陰沉，從無史學家若李維 (Livy, 59 B.C.–17 A.D.) 全然蔑視真理，塔西塔斯 (Tacitus, 56–120 A.D.) 是最傑出的人物素描家與最卓越的古代劇作家，但是他不可相信。」❾ 希臘羅馬最傑出的幾位史學家，幾皆與小說家、劇作家接近，而非紀實的史學家。直到文藝復興時代以後，西方史學家在真理的概念上，才漸趨嚴格，所謂「逐漸決定致力於瞭解曾經發生的往事」；十九世紀以後，「窺探往事的真相」，變成了西方史學家

---

❽ Cicero (106–43 B.C.) 曾言 "Historiography was a branch of rhetoric." 轉見 Stephen Usher, *The Historians of Greece and Rome*, 1969, p. ix.

❾ G. P. Gooch, *History and Historians in the Nineteenth Century*, 1913, p. 277: "Macaulay explained his conception of the task of the historian in an essay entitled 'History'. To be a really great historian, he declared, was perhaps the rarest of intellectual distinctions. ...Herodotus was a delightful romancer. Thucydides was the greatest master of perspective but not a deep thinker. Plutarch was childish. Polybius dull. No historian ever showed such complete indifference to truth as Livy. Tacitus was the greatest portraitpainter and the greatest dramatist of antiquity, but he could not be trusted."

最大的希望，於是他們興奮的認為西方史學突破了通往真歷史的最後障礙，而到達史學的最高峰，世界其他史學，皆俯首於其下，這未免過分睥睨天下史學了！如果西方史學家知道中國史學在紀實方面，兩千年以前，即已有長足的發展，即已形成人人能承認的史學原理，那麼他們似乎應當修正其武斷的結論了！

　　史學上的紀實，與記事的制度，有分不開的關係。中國自遠古時代，設立史官，逐日記錄天下事，這是一種綿密的記事制度，發生過的事件，有計畫的被大量存留下來。記事既成為一種制度，紀實的原理，遂相應而出。所謂「祝史薦信」❿、「祝史陳信」⓫、「祝史正辭」⓬，屬於史官之一的祝史，在祭祀時正辭、薦信、陳信，在記事時自應紀實。「若有德之君，外內不廢，上下無怨，動無違事，其祝史薦信，無愧心矣。是以鬼神用饗，國受其福，祝史與焉。其所以蕃祉老壽者，為信君使也。其言忠信於鬼神。其適遇淫君，外內頗邪，上下怨疾，動作辟違，從欲厭私，高臺深池，撞鐘舞女，斬刈民力，輸掠其聚，以成其違，不恤後人，暴虐淫從，肆行非度，無所還忌，不思謗讟，不憚鬼神，神怒民痛，無悛於心，其祝史薦信，是言罪也；其蓋失數美，是矯誣也。進退無辭，則虛以求媚，是以鬼神不饗其國以禍之，祝史與焉。所以夭昏孤疾者，為暴君使也。其言僭嫚於鬼神。」⓭祝

❿　《左傳》昭公二十年。

⓫　《左傳》襄公二十七年。

⓬　《左傳》桓公六年。

⓭　《左傳》昭公二十年。

史若不薦信，蓋失數美，虛以求媚，禍且臨之，於是史官要遵守共同必守之法，「君舉必書」，「書法不隱」了。施行褒貶的《春秋》，也遵守著「信以傳信，疑以傳疑」❹的大原則。由記事而紀實的原理出，於是是一種自然的發展。

西方的古代，沒有出現類似中國及時記天下事的記事制度。在埃及與敘利亞地帶，有些名冊 (lists) 存留到今天，最早者可能是刻在有名的波勒穆石頭 (palermo stone) 上的（部分刻在附屬於它的斷片之上），一連串的朝代與帝王名字，屬於西元前兩千年的一些世紀，其編成的時代，約晚千年。其中絕少記事，僅到接近編成的時代，一年有八件事到十五件事被記錄下來，大致是關於宗教禮儀、廟宇建築一類的事件❺。《蘇美王的名冊》(*Sumerian King-List*) 也是一類❻。一些大帝國的領袖，雖記錄其在戰爭上的勝利及其他功業，但未形成記事的制度。至於創造史學的希臘人，到西元前七世紀時，政治經驗已經十分豐富了，奇怪的是此一時期的希臘人，卻無用文字記錄其經驗的動機，他們所注重的歷史，還只是史詩所提供的歷史❼。以致到西元前五世紀時，希臘還沒有豐富的文字記錄❽。希臘史學家也只好遵守「甯信口頭

❹　《穀梁傳》桓公五年。

❺　Herbert Butterfield, *The Origins of History*, pp. 23–24.

❻　Ibid., p. 89.

❼　參見 J. B. Bury, *The Ancient Greek Historians*, 1908, 1959 (Dover Publication), p. 3；王任光譯出其中的第一講〈希臘歷史寫作的起源地——愛奧尼亞〉(The Rise of Greek History in Ionia)，收入王任光、黃俊傑編《古代希臘史研究論集》，成文出版社，民國六十八年初版。

傳說而不取文字證據的原則」 ❶❾ 了；身為「歷史之父」的希羅多德，也不能不背上「說謊者」的醜名了 ❷⓿。一直到羅馬時代，史學家李維在其大著《羅馬史》(*The Early History of Rome*) 的序論中直言不諱的承認其所敘述的故事，不是屬於嚴格意義的事實歷史 (factual history) ❷❶。記事的制度不出現，紀實的原理自遲遲形成，修辭學遂乘虛而入，大行其道。所以比較中西古代史學，在紀實方面，中國遙遙領先，斑斑可稽，不容置疑。

(二)闕　疑

　　紀實不可缺少的一個條件是闕疑。西方上古時代，史學中未曾出現闕疑。史學家寫史大用修辭學的方法，於虛空中想像，自然談不到所謂闕疑了。中國則自上古時代起，史學的闕疑即出現。孔子寫《春秋》，能闕所疑。顧炎武於《日知錄》卷四「王入于王城不書」條云：「襄王之復，左氏書夏四月丁巳，王入於王城，而經不書。其文則史也，史之所無，夫子不得而益也。」同卷「所見異辭」條云：「孔子生於昭、

⓲　Arnaldo Momigliano, History and Biography, in Moses Finley, ed., *The Legacy of Greece: A New Appraisal*, p. 159.

⓳　Ibid., p. 160.

⓴　Cicero 稱 Herodotus 為「歷史之父」(pater historian)，見 Cicero, De Legibus, Li. 5；Cicero 亦稱 Herodotus 為說謊者 (a liar)。

㉑　Livy, 1 Preface, in *The Early History of Rome* (trans. M. Grant)；參閱 Michael Grant, *The Ancient Historians*, p. 238.

定、哀之世，文、宣、成、襄則所聞也，隱、桓、莊、閔、僖則所傳聞也。國史所載，策書之文，或有不備，孔子得據其所見以補之。至於所聞，則遠矣；所傳聞，則又遠矣。雖得之於聞，必將參互以求其信。信則書之，疑則闕之，此其所以為異辭也。」信則書之，疑則闕之，此為史學上的闕疑。孔子固屢言：「多聞闕疑，慎言其餘。」❷❷「吾猶及史之闕文也。」❷❸「君子於其所不知，蓋闕如也。」❷❹「夏禮吾能言之，杞不足徵也。殷禮吾能言之，宋不足徵也。文獻不足故也。足則吾能徵之矣。」❷❺多聞闕疑，凡所不知，凡文獻不足徵者，則闕之，穿鑿之習，附會之說，自然從此而廓清了。孔子的闕疑，蓋有所沿襲。孔子以後，戰國時代，學術界瀰漫闕疑的理論。「疑事毋質」❷❻；「君子疑則不言」❷❼，「知之曰知之，不知曰不知，內不自以誣，外不自以欺」❷❽；馴致而「不知而不疑」❷❾的理論出現了，「計人之所知，不若其所不知」❸⓪

---

❷❷　《論語‧為政》。

❷❸　同書〈衛靈公〉篇。

❷❹　同書〈子路〉篇。

❷❺　同書同篇。

❷❻　《禮記》卷一〈曲禮上〉，胡邦衡注曰：「質，正也。事有可疑，勿以臆決正之，所謂闕疑。」按「禮記」一書，據近人考證，大致是戰國或漢初的作品。

❷❼　《荀子‧大略》。

❷❽　同書〈儒效〉篇。同書〈法行〉篇亦云：「君子知之曰知之，不知曰不知，言之要也。」

❷❾　《戰國策》卷十九「武靈王平晝閒居」。

❸⓪　《莊子‧秋水》。

的真知灼見出現了。「井蛙不可以語於海者，拘於虛也。夏蟲不可以語於冰者，篤於時也。曲士不可以語於道者，束於教也。今爾出於崖涘，觀於大海，乃知爾醜，爾將可與語大理矣。天下之水，莫大於海，萬川歸之，不知何時止，而不盈，尾閭泄之，不知何時已，而不虛，春秋不變，水旱不知，此其過江河之流，不可為量數，而吾未嘗以此自多者，自以比形於天地，而受氣於陰陽，吾在天地之間，猶小石小木之在大山也。方存乎見少，又奚以自多，計四海之在天地之間也，不似礨空之在大澤乎？計中國之在海內，不似稊米之在大倉乎？號物之數謂之萬，人處一焉，人卒九州，穀食之所生，舟車之所通，人處一焉，此其比萬物也，不似豪末之在於馬體乎？」❸這真是一番闕疑的宇宙論了。戰國以後，中國的學術界，大致恪守孔子闕疑之教不渝。「信古而闕疑」❸，「凡無從考證者，輒以不知置之，甯缺所疑，不敢妄言以惑世。」❸必如是，歷史上的真，才隱約出現。

中國史學家能闕疑，故凡所撰述，皆有根據。《左傳》根據百國寶書，《史記》根據《尚書》、《國語》、《左傳》、《世本》、《戰國策》、《秦紀》、《楚漢春秋》諸記載❸，自己所撰寫者不過十之一，刪述所存者十之九；早於《左傳》、《史記》的

---

❸ 同書同篇。

❸ 顧炎武《日知錄》卷二「豐熙偽尚書」條。

❸ 崔述《考信錄‧提要》卷上。

❸ 司馬遷寫《史記》時，天下遺文古事，靡不畢集於前，其所根據的資料，固不僅上述數種，近人已作了不少這方面的詳細研究。

百國寶書以及《尚書》、《國語》諸記載，又各有其根據，而史官記錄，為根據的大原。史官記錄，史學家撰述，不外記言與記事，「古人記言與記事之文，莫不有本。本於口耳之授受者，筆主於創，創則期於適如其事與言而已；本於竹帛之成文者，筆主於因，因則期於適如其文之旨。」❸❺而「記事之法，有損無增，一字之增，是造偽也。往往有極意敷張，其意弗顯，刊落濃辭，微文旁綴，而情狀躍然，是貴得其意也。記言之法，增損無常，惟作者之所欲，然必推言者當日意中之所有，雖增千百言不為多。苟言雖成文，而推言者當日意中所本無，雖一字之增，亦造偽也。」❸❻中國史官與史學家秉筆之際，其態度的慎重，可以想像。所以撰述時嚮壁虛造，在中國是極為不道德的一件事。於是因襲成文，變成了「史家運用之功」❸❼。如《漢書·武帝紀》前，紀傳多用《史記》文，而即以為己作。在文學上講，這是鈔竊；在史學上講，這是由闕疑而引起的慎重，雖有弊端，卻非過錯。西方史學家非常驚訝中國史學家的「不斷的襲用舊史原文」❸❽，無止境的「重複既已確定的敘述」❸❾，如果他們知道中國史學上的闕疑理論瀰漫，就應當釋然了。

---

❸❺　章學誠《文史通義》〈答邵二雲書〉。

❸❻　章學誠《章氏遺書》卷十四〈與陳觀民工部論史學〉。

❸❼　同上。

❸❽　Herbert Butterfield, "History and Man's Attitude to the Past", in *Listener*, 21 September, 1961.

❸❾　Ibid.

(三)求　真

　　西方史學家浦朗穆認為希望窺探往事的真相（致力於瞭解曾經發生的往事），是西方近代史學的發展，此一發展，突破了通往真歷史的最後障礙，以致極重要的批判史學出。中國史學雖精細，中國史學雖重視文獻，中國人雖追逐博學，但永未突破通往真歷史的最後障礙——希望窺探往事的真相，致未發展批判史學，中國人亦無意視歷史為客觀的瞭解。

　　這是西方史學家很自傲很肯定的一番議論，也定出了中西史學的高低。但是實際上是否如此呢?

　　所謂窺探往事的真相，一方面表現在紀實上，一方面表現在求真上。兩者凝合，而批判史學出。中國自古代起，史學上的紀實與求真，蔚為一可觀的發展，此或出西方史學家的意料。上面已就紀實方面，詳加討論，現在平心以談求真方面：

　　求真的原理，在中國出現極早。《尚書・堯典》篇開端的「曰若稽古」四字，是稽考故實之意 ❹。孔子為求真，極力反對「道聽而塗說」❹，並論使臣的傳言曰：「傳兩喜兩怒之言，天下之難者也。夫兩喜必多溢美之言，兩怒必多溢惡之言。凡溢之類妄，妄則其信之也莫，莫則傳言者殃。故《法言》曰，傳其常情，无傳其溢言，則幾乎全。」❹ 使臣傳言，

---

❹　馬其昶注曰：「史臣述事以曰若稽古發端，古猶故也，謂稽考故實。」

❹　《論語・陽貨》，子曰：「道聽而塗說，德之棄也。」

傳其常情，不傳其溢美溢惡之言，以免流於虛妄，是為求真，亦期於免禍。荀子對於「無稽之言，不見之行，不聞之謀」，極為戒慎❹，認為「不聞不若聞之，聞之不若見之，見之不若知之，知之不若行之。」❹同時主張「凡論者貴其有辨合，有符驗。」❹「以人度人，以情度情，以類度類，以說度功，以道觀盡。」❹荀子為求真，已悟出一套求真的方法論。其後《中庸》上所謂「博學之，審問之，慎思之，明辨之，篤行之。有弗學，學之，弗能弗措也；有弗問，問之，弗知弗措也；有弗思，思之，弗得弗措也；有弗辨，辨之，弗明弗措也；有弗行，行之，弗篤弗措也。」❹是更高明的求真方法論。《韓非子・顯學》論古代史事的一段話，尤其精闢：「孔子、墨子俱道堯舜，而取舍不同，皆自謂真堯舜，堯舜不復生，將誰使定儒墨之誠乎？殷周七百餘歲，虞夏二千餘歲，而不能定儒墨之真，今乃欲審堯舜之道於三千歲之前，意者其不可必乎？無參驗而必之者，愚也；弗能必而據之者，誣也。故明據先王，必定堯舜者，非愚則誣也。愚誣之學，雜反之行，明主弗受也。」不相信儒墨的真堯舜，而力主參驗，認為無參驗而確定之是愚，不能確定而引以為據是誣，愚誣之學，

❹　孔子之言，載於《莊子・人間世》。

❹　《荀子・正名》：「無稽之言，不見之行，不聞之謀，君子慎之。」

❹　同書〈儒效〉篇。

❹　同書〈性惡〉篇。

❹　同書〈非相〉篇。

❹　《中庸》寫成的時代，可能在戰國時期或漢初，參見張心澂《偽書通考》（明倫出版社，民國六十年二月再版）經部，頁 327-341 及屈萬里《先秦文史資料考辨》下編第二章，頁 346-352。

明主弗受。論古主參驗，其求真的態度，千載下猶令人敬佩。所以在中國的古代，凡事求真，為一普遍現象。又遇到懷疑理性主義 (sceptical rationalism)❹❽出現，於是史學上求真的考據學誕生了（詳後），這真出西方史學家的想像以外了。

西方古代史學上的求真，同樣是放出燦爛光芒的。浦朗穆認為希望窺探往事的真相，是西方近代史學的發展，為有待商榷之論。西方所謂「歷史」，其源出於希臘 historia 一字，含有探究、考察之意。西元前四世紀，希臘人已將 historia 一字當作對過去事件的專門研究 (specific research on past events)❹❾。希羅多德遂以此字名其書（其書又名 *History of the Persian Wars*），希望探究希臘人與外族互相攻擊的原因❺⓿。所以希羅多德的《波斯戰史》(*History of the Persian Wars*)，不純粹是為敘事的，他係以分析的筆法，描述一場戰爭，同時利用民族誌和制度的研究去解釋一場戰爭及其結果❺❶。從此希臘為人類揭開歷史的新頁，論及過去的事件，能具有科學風度 (scientific manner)，覺悟到事實本身必須考察❺❷，希

---

❹❽　語出加拿大漢學家 E. G. Pulleyblank (1922–)，見 *The Listener*, 28 Sept., 1961.

❹❾　Arnaldo Momigliano, History and Biography, in Moses Finley, ed., *The Legacy of Greece: A New Appraisal*, p. 158. 又 Herbert Butterfield 云：「從最初，希臘人所提出的『歷史』，是一種『考察』」。("From the first, 'history' had presented itself to the Greeks as a kind of 'investigation'.") (Herbert Butterfield, *The Origins of History*, p. 133.)

❺⓿　Moses Finley, *The Use and Abuse of History*, 1975, p. 30.

❺❶　Arnaldo Momigliano, *History and Biography*, p. 158.

臘於是沒有絕對的歷史，沒有確定的故事，只有推理的重建 (speculative reconstruction) ❸，這是希臘史學的特色，史學上的求真，這是大前提。史學上的褒貶，相應的減輕了。希羅多德與修昔底德皆為求真而避免過度的褒貶 ❺。波力比阿斯尤有精闢之見：「對國家忠，對朋友信，好友之友，惡友之仇，原是人之常情。可是身為史學家，就該摒棄這種情緒；敵人的行為值得讚揚時，就該讚揚；朋友犯錯，就該嚴辭譴責。人如喪失雙目，就如一個殘廢者；同樣，歷史缺少真實，就變成無益的謠言。所以我們不該因為是朋友而不批評，或因為是仇人而不讚揚；同樣，對一個人，應褒則褒，應貶則貶，因為任何人做事都不能保證沒錯誤。在歷史上我們應該採取中正的態度，就好像對一個演員的好壞，應該從他表演的好壞來下判斷和評價。」❺史學家採取中正的態度，不分敵友，應褒則褒，應貶則貶，這比起中國古代史學上的「為親者諱」，「為賢者諱」，「為尊者諱」，「為中國諱」 ❻，在求真方面，相去真不啻有霄壤之別了 ❼。直到羅馬時代，史學家仍不斷

---

❺ Herbert Butterfield, *The Origins of History*, p. 118.

❺ Ibid., p. 46.

❺ Arnaldo Momigliano, *History and Biography*, p. 161.

❺ Polybius, *The Histories*, 114 (trans. M. Chambers)；參見王任光〈波力比斯的史學〉，《臺大歷史學報》第三期，民國六十五年。

❻ 《公羊傳》：莊公四年，春秋為賢者諱。閔公元年，春秋為尊者諱，為親者諱，為賢者諱。僖公十七年，春秋為賢者諱。襄公元年，春秋為中國諱。昭公二十年，春秋為賢者諱。

❼ 中國史學上的「為親者諱」，「為賢者諱」，「為尊者諱」，「為中

高唱：「有不知歷史的第一鐵律是作者必須不懼披露真理者乎？第二是必須勇敢的披露全部真理者乎？第三是必須在其作品中無偏見的意味者乎？」❸所以在史學的求真方面，西方與中國同樣發展甚早，互相輝映，西方且更徹底。浦朗穆所謂希望窺探往事的真相，是西方近代史學的發展，應是不確之論。

(四)懷　疑

懷疑理性主義在中國與西方皆在古代出現。西方有「歷史的祖父」之稱的赫卡代阿斯（Hecataeus，約生於西元前六世紀的中葉）❺，自序其《希臘古代史》說：「我寫於此者，為我自信其真者。希臘人所述故事，多則多矣，在我看來，荒誕不經。」❻這是何等的懷疑精神❻！希羅多德在其《波斯戰史》中也說：「我的工作是記錄人所言者，但我決不無條件的相信它。」❻修昔底德懷疑所有自己聞見以外的歷史，以致

國譯」，另有其史學上的境界，參見拙著《史學方法論》（三民書局，民國七十六年九月第九版）第十八章〈史學上的美與善〉，頁 296–298。

❸ Cicero (106–43 B.C.), *De Oratore*, II 62 (M. Antonius Orator) (tran. E. W. Sutton).

❺ Michael Grant, *The Ancient Historians*, p. 19: "If Herodotus was history's father, Hecataeus might be called its grandfather."

❻ Hecataeus 序其書 Genealogies 之語。

❻ 關於 Hecataeus 的懷疑理性主義，參見 J. B. Bury, *The Ancient Greek Historians*, pp. 19–20.

僅寫當代的歷史，根據自己親眼所見親耳所聞以秉筆。他曾說：「我已發現不可能獲得遠古的真正具體知識，即使我們前一代的歷史，因為時間上太遙遠了。」❸自然這種懷疑理性主義，到羅馬史學家李維手裡，也被破壞得差不多了。他聚集早期羅馬歷史的舊記錄以鎔鑄成連貫敘事的《羅馬史》，他無意發現傳說是如何形成的，經過什麼曲解的階段，他所做的，是取用它，或揚棄它❹，以致他就背上「全然蔑視真理」的罪名了！

　　中國有一懷疑理性主義的悠久傳統，如支配中國學術思想界達兩千餘年之久的儒家，始終是反對怪力亂神，而具有懷疑理性的。先秦儒家不必論，漢以後較醇的儒家，皆理智清明，力反迷信。懷疑理性主義及於史學，為促使史學家不輕信既有的文字記載，這是史學上極重要的懷疑精神，求真的考據學，自此萌芽。春秋時代，孔子寫《春秋》，「信以傳信，疑以傳疑。」❺到戰國時代，一生以繼孔子之業為矢志的孟子，則倡言「盡信書則不如無書，吾於武成，取二三策而已。仁人無敵於天下，以至仁伐至不仁，而何其血之流杵也?」❻這是史學上的懷疑精神。自此中國史學家，能闕疑復

❻　Herodotus, *History of the Persian Wars*, VII 152 (tran. A. De Selincourt).

❻　Thucydides, *History of the Peloponnesian War, I* 20 (trans. R. Warner).

❻　參見 R. G. Collingwood, *The Idea of History*, p. 38.

❻　《穀梁傳》桓公五年。

❻　《孟子‧盡心》。

能懷疑。司馬遷網羅天下遺文古事，著《史記》，於洪荒難稽之史，時時致其懷疑。觀其於〈五帝本紀〉贊云：「學者多稱五帝，尚矣。然《尚書》獨載堯以來，而百家言黃帝，其文不雅馴，薦紳先生難言之。孔子所傳〈宰予問〉、〈五帝德〉及〈帝繫姓〉，儒者或不傳，余嘗西至空峒，北至涿鹿，東漸於海，南浮江淮矣。至長老皆各往往稱黃帝堯舜之處，風教固殊焉。總之不離古文者近是。予觀《春秋》、《國語》，其發明〈五帝德〉、〈帝繫姓〉章矣，顧弟弗深考，其所表見皆不虛。書缺有間矣，其軼乃時時見於他說。非好學深思，心知其意，固難為淺見寡聞道也。余並論次，擇其言尤雅者，故著為本紀書首。」❻❼不輕信百家不雅馴之言，而必以親所訪問及孔子所傳〈五帝德〉、〈帝繫姓〉兩篇有關黃帝堯舜的正式記錄作依據，旁及《春秋》、《國語》所載，司馬遷已由懷疑而創出他的一套考據學了。而且他已建立了考據標準，「載籍極博，猶考信於六藝」❻❽，在浩如煙海的資料中，以言雅而較為原始的六藝，作為考信的標準，這已是一種極為進步的考據學了。所以懷疑理性主義雖同樣在中國與西方出現甚早，在西方則未得到適當的發展，在中國則發展為史學上不能缺少的考據學。比較中西古代史學，留意於此等處，孰領先，孰殿後，應可以思過半了。

---

❻❼　《史記·五帝本紀》。

❻❽　《史記·伯夷列傳》。

第四章　史學著述的成績比較（上）

柳詒徵於《國史要義・史原》篇云：

> 名者人治之大，古人運之於禮，禮失而賴史以助其治，而名教之用，以之為約束聯繫人群之柄者，互數千年而未替。以他族之政術本不基於禮義名教，而惟崇功利之史籍較之，宜其鑿柄而不相入矣。夫人群至渙也，各民族之先哲，固皆有其約束聯繫其群之樞紐，或以武功，或以宗教，或以法律，或以物質，亦皆擅有其功效。吾民族之興，非無武功，非無宗教，非無法律，亦非匱於物質，顧獨不偏重於他民族史迹所趨，而兢兢然持空名以致力於人倫日用，吾人治史，得不極其源流，而熟衡其利弊得失之所在乎？

於〈史權〉篇則云：

> 周之史官，為最高之檔案庫，為實施之禮制館，為美備之圖書府，冢宰之僚屬，不之逮也。由是論之，後世史籍所以廣志禮樂兵刑職官選舉食貨藝文河渠地理，以及諸侯世家，列國載記，四裔藩封，非好為浩博無涯涘也。自古史職所統，不備不足以明吾史之體

系也，而本紀所書，列傳所載，世表所繫，命某官，晉某爵，設某職，裁某員，變某法，誅某罪，錄某後，祀某人，一一皆自來史職所掌，而後史躡其成規，當然記述者也。惟古之施行記述，同屬史官，後世則施行記述，各不相謀，而史籍乃專屬於執筆者之著述耳。他族立國，無此規模，文人學者，自為詩文，或述宗教，或頌英雄，或但矜武力，而為相斫書，或雜記民俗而為社會志，其體系本與吾史異趣，或且病吾史之方板簡略，不能如其活動周詳，是則政宗史體，各有淵源，必知吾國政治之綱維，始能明吾史之系統也。

於〈史聯〉篇又云：

世人矜言創作，動輒詆訶古人，而於古人政治學術著作之精微，都不之察。史公創製之精，紀傳書世皆攝於表，旁行斜上，縱橫朗然，瑣至逐月，大兼各國，讀此者第一須知在西曆紀元前百年間，何國有此種史書，詳載埃及、巴比倫、腓尼基、波斯、希臘、羅馬各國行事，年經月緯，本末燦然者乎？且史公端緒，上承周譜，在西元前更不止百年。蓋吾政教所包者廣，故其著作所及者周，竹素編聯，乃能為此表譜（春秋書之竹簡，表譜殆必書之縑素）。下迄秦楚之際，世亂如麻，而群雄事迹，亦能按月記注。他國同時之史，能若是乎？《史通》初病表歷，後亦贊美，止就國史評衡，未與殊方比勘。今人論史，尤宜比勘外史，始有

以見吾史之創製為不可及矣。又如今人病吾族記載戶口數字多不確實，是誠亟宜糾正，然因此譙訶昔人，則又未知吾史之美。如《漢書‧地理志》詳載郡國戶口，吾嘗詢之讀域外書者，當西曆紀元時，有詳載今日歐洲大小都市戶口細數者乎？且《漢志》之紀戶口，又非自平帝時始有紀錄，其源則自周代司民歲登下萬民之生死而來，民政之重戶口，孰有先於吾國者乎？徒以近百年間，國力不振，遂若吾之窳敝，皆受前人之遺禍，而不知表章國光。即史之表志一端觀之，可以概見矣。

於〈史德篇〉尤寄其感慨云：

國不自振，誇大之習已微，以他族古初之蒙昧，遂不信吾國聖哲之文明，舉凡步天治地，經國臨民，宏綱巨領，良法美意，歷代相承之信史，皆屬可疑。其疑之者，以他族彼時不過圖騰部落，吾族似不能早在東亞建此大邦。復以輓近之詐欺，推想前人之假託，不但不信為事實，即所目為烏托邦之書，亦不敢推論其時何以有此理想。祇能從枯骨斷簡，別加推定，必至春秋戰國之分裂，始能為秦漢之統一，而春秋戰國秦漢制度思想之所由來，亦不能深惟其故。至其卑葸已甚，遂若吾族無一而可，凡史迹之殊尤卓絕者，匪藉外力或其人之出於異族，必無若斯成績。

「比勘外史，始有以見吾史之創製為不可及」，誠為一針見血之論。柳氏精於國史，未嘗專治外國史，其所作中西史學的比較，自欠細密，然能見到大體。謂中國「禮失而賴史以助其治，而名教之用，以之為約束聯繫人群之柄者，亙數千年而未替。」此與「他族之政術本不基於禮義名教，而惟崇功利之史籍」相比較，自然格格不入；謂中國史籍「廣志禮樂兵刑職官選舉食貨藝文河渠地理」，「本紀所書，列傳所載，世表所繫，命某官，晉某爵，設某職，裁某員，變某法，誅某罪，錄某後，祀某人，一一皆自來史職所掌」，而「他族立國，無此規模，文人學者，自為詩文，或述宗教，或頌英雄，或但矜武力，而為相斫書，或雜記民俗而為社會志」，中外史籍自大異其趣；中國的史表，「旁行斜上，縱橫朗然，瑣至逐月，大兼各國」，中國的《漢志》，「詳載郡國戶口」，「其源則自周代司民歲登下萬民之生死而來」，凡此，皆中國超越西方（柳氏所謂他族，主要係指西方民族）處。所以欲明中西史學的異同優劣，史學著述成績的比較，具有關鍵性。下面嘗試作較為詳細的比較：

(一)史學著述的材料

史學著述的根本在材料，史學家自何處採取材料，以寫成其大著，是決定史學著述優劣的最大關鍵。

西方古代史學著述的材料，是不夠堅實的：

西方史學發源地的希臘，其早期歷史，西方近代史學家認為無法撰寫，理由是沒有文獻，沒有記錄下來的事件，沒

有當事人的報告❶。希臘帝王在統治希臘城的時候，沒有將其勳業記錄下來，沒有出產類似東方（此處所謂東方，係指埃及、兩河流域、小亞細亞以及巴勒斯坦、波斯等地）的編年史❷。當時希臘人也毫無動機記錄其經驗於文獻之中，他們所喜愛的惟一歷史，是由史詩所提供的歷史❸。所以一直到西元前第五世紀希臘史學出現的時候，希臘還沒有豐富的文字記錄。希臘史學家於是只好遵守「甯信口頭傳說而不取文字證據的原則」。口頭傳說 (oral tradition) 於是在希臘史學著述中便扮演最主要的角色。希羅多德主要根據口頭傳說以寫成其《波斯戰史》，他利用旅遊以蒐集材料，埃及、巴比倫、美索不達米亞、巴勒斯坦、俄國南部、北非等地，都有他的足跡，凡所到處，從接觸的人物口中，探聽往事❹。值得珍視的是他認為最好的證據是由直接觀察得來，其次是依據可靠的目擊者的報導，這就意味著對歷史研究一種特殊的看法，即歷史研究必須根據可以察驗的證據❺，在史學上，這自是一個很高的境界。希羅多德以後的大史學家修昔底德撰寫《伯羅邦內辛戰史》，進一步認為直接觀察和目擊者的口頭報導比文字證據更為可取❻，尤其重視親身經驗 (direct

---

❶ 參見 M. I. Finley, *The Use and Abuse of History*, 1975, p. 20.

❷ 參見 Herbert Butterfield, *The Origins of History*, 1981, p. 130.

❸ 參見 J. B. Bury, *The Ancient Greek Historians*, p. 3.

❹ 參見 Herbert Butterfield, *The Origins of History*, pp. 130–131；國人著作，可參考李美月著《希羅多德波希戰史之研究》（正中書局，民國六十六年）中的第四章〈波希戰史的史料問題〉。

❺ 參見 Arnaldo Momigliano, "History and Biography," in Moses Finley ed., *The Legacy of Greece: A New Appraisal*, p. 159.

experience) ❼，以致他寧願只寫自己能夠經驗的當代史。到了波力比阿斯，其蒐集材料的方法，一是親眼去看，一是親耳去聽，聽又分為兩種，一是聽「活人」——訪目擊者，一是聽「死人」——閱讀文獻。三者中，親眼看者最上，訪問目擊者次之，而閱讀文獻最下。他嚴厲批評「圖書館裡面的學者」，強調實地考察與親身經驗 ❽，「一個沒有戰爭經驗的人不能談戰爭，一個沒有政治經驗的人也不能談政治。同樣，一個僅憑書本而沒有實際知識或不明瞭細節的人，他所寫的史書也就毫無價值。」❾「史學家對最重要的、大家最關心的事，應該有些實際的經驗。」❿其重視親身經驗與修昔底德又前後如出一轍。史學家只能寫當代史於是也變成他的信念了。

　　希臘史學家主要採用口頭傳說的材料 ⓫，以寫成其史學

---

❻　Ibid., p. 160.

❼　Arnaldo Momigliano, *Essays in Ancient & Modern Historiography*, Wesleyan University Press, 1977, p. 162.

❽　參見王任光〈波力比阿斯的史學〉一文（收入王任光、黃俊傑編《古代希臘史研究論集》，成文出版社，民國六十八年八月）。

❾　Polybius, *Histories*, Book 12, 25g.

❿　Ibid., Book 12, 25h.

⓫　根據 Arnaldo Momigliano 的說法，西元前第五世紀的希臘史學家罕有興趣應用檔案材料，希羅多德與修昔底德都是一樣 (Arnaldo Momigliano, *Essays in Ancient & Modern Historiography*, p. 32)；他們也很少有系統的研究檔案 (Ibid., p. 142)。自然希羅多德曾用了詩和散文的材料，也用了希臘和波斯的官方材料（詳細的介紹，中文作品方面，見李美月著《希羅多德波希戰史之研究》一書中的第四章），不過，為數甚微，如希臘官方材料，到希羅多德時代為止，只限於國王或行政官

大著，其基礎是極端不夠堅實的。傳說有渲染，有附會；最可靠的目擊者，由於受觀察與記憶的限制，也無法將往事清楚而正確的呈現，瞥及事件的一半，憑想像擴及其他，加上記憶的不正確，於是其所述就真偽相參了。修昔底德有些場合，親自聽到演講，但是他不可能精確記憶；有些場合，他根據他人的報告，其大原則是取言者的大意與意向以寫成其可能言者。顯然這一原則給作者很大的自由，然與言者必有很大的出入 ⓬。悠悠信史，又從何處覓尋呢？猶幸希臘史學家發明了一種反覆審察目擊者的方法 ⓭，他們沒有隨隨便便就相信報告人的初步的回憶已經是接近事實了，他們面臨著一些問題，像是這樣的問題：「你確信你的記憶為真？你現在說的與昨天說的是否互相矛盾？你如何將你所述事件與其他人絕不相同的敘述協調一致？」 ⓮ 如此審察目擊者，是希臘史

及男女祭司的名單而已。

⓬　J. B. Bury, *The Ancient Greek Historians*, p. 109: "In some cases he (Thucydides) heard speeches delivered, but it was impossible for him to remember them accurately; and in other cases he had to depend on the oral reports of others. His general rule was to take the general drift and intention of the speaker, and from this text compose what he might probably have said. It is clear that this principle gave great latitude to the author, and that the resemblances of the Thucydidean speeches to those actually spoken must have varied widely according to his information."

⓭　R. G. Collingwood, *The Idea of History*, p. 25; Herbert Butterfield, *The Origins of History*, p. 134; p. 186.

⓮　R. G. Collingwood, *The Idea of History*, p. 25: "This conception

學家對史學的一大貢獻。他們已能以科學方式對待歷史材料 **⓯**，使史學充滿了求真精神。

羅馬時代，公私文獻材料，已比希臘時代豐富。史學家一方面沿襲希臘傳統，採用口頭傳說的材料，一方面致力於蒐集文獻材料。像李維所寫的《羅馬史》，基礎即建立在早期羅馬史的著述上；塔西塔斯的《羅馬帝國史》(*The Annals of Imperial Rome*)，時間是從西元 14 年寫到西元 96 年，為作者能親見親聞的時代，其參用文獻與口頭傳說兩種材料，可以理解。塔西塔斯殷殷詢問諗知往事的友人 Pliny the Younger **⓰**，明顯有希臘史學家之風。更後的馬瑟林納斯 (Ammianus Marcellinus, A.D. 330–?)，喜歡細述其親身經歷 **⓱**，令人感覺希臘史學之統，歷數百年而未絕。

---

of the way in which a Greek historian collected his material makes it a very different thing from the way in which a modern historian may use printed memoirs. Instead of the easy-going belief on the informant's part that his prima facie recollection was adequate to the facts, there could grow up in his mind a chastened and criticized recollection which had stood the fire of such questions as 'Are you quite sure that you remember it just like that? Have you not now contradicted what you were saying yesterday? How do you reconcile your account of that event with the very different account given by so-and-so?''

⓯ Herbert Butterfield, *The Origins of History*, p. 136.

⓰ 參見 Arnaldo Momigliano, *Essays in Ancient & Modern Historiography*, p. 162.

⓱ 同上。

　　西方古代史學著述的材料如此，中國古代史學著述，又根據什麼材料呢？

　　中國古代設立史官，及時記錄天下事。身居要津的天子、諸侯，身邊有史官隨侍，記其言行，所謂「動則左史書之，言則右史書之。」❸所謂「君舉必書。」❹所謂「天子無戲言，言則史書之。」❺都說明了影響力最大的權勢人物，其一言一行，隨時會被記錄下來；天子與諸侯以及諸侯與諸侯間的盟會，都派史官即時記錄，如《史記》記載戰國時代秦趙澠池之會云：「秦王飲酒酣，曰：『寡人竊聞趙王好音，請奏瑟。』趙王鼓瑟。秦御史前書曰：『某年月日，秦王與趙王會飲，令趙王鼓瑟。』藺相如前曰：『趙王竊聞秦王善為秦聲，請奏盆瓴秦王，以相娛樂。』秦王怒，不許。於是相如前進瓴，因跪請秦王。秦王不肯擊瓴。相如曰：『五步之內，相如請得以頸血濺大王矣。』左右欲刃相如，相如張目叱之，左右皆靡。於是秦王不懌，為一擊瓴。相如顧召趙御史書曰：『某年月日，秦王為趙王擊瓴。』」❻這是一段生動的故事，由於這段故事，而將中國優美的記事制度保存下來了。「夫諸侯之會，其德刑禮義，無國不記。」❼盟會時各國史官爭作德刑禮義各方面的記錄，說明了記事制度在中國古代已發展到極為普遍的程度。史官的這些記錄，都珍藏起來。《史記·封禪書》云：「秦繆

---

❸　《禮記·玉藻》。

❹　《左傳》莊公二十三年。

❺　《史記·晉世家》。

❻　同上，卷八十一〈廉頗藺相如列傳〉。

❼　《左傳》僖公七年管仲之言。

公立，病臥五日不寤，寤，乃言夢見上帝，上帝命繆公平晉亂。史書而記藏之府。」國君世子生，「書曰某年某月某日某生，而藏之，宰告閭史，閭史書為二，其一藏諸閭府，其一獻諸州史，州史獻諸州伯，州伯命藏諸州府。」❷ 可見史官記錄被珍藏的情況。史官記錄以外的文獻，也被儲藏，如《史記・蒙恬列傳》述蒙恬之言云：「昔周成王初立，未離襁褓，周公旦負王以朝，卒定天下。及成王有病甚殆，公旦自揃其爪以沉於河，曰：『王未有識，是旦執事，有罪殃，旦受其不祥。』乃書而藏之記府。」有時為了留傳久遠，進一步鏤之金石，刻之盤盂。「古之聖王，欲傳其道於後世，是故書之竹帛，鏤之金石，傳遺後世子孫。」❷ 「先王之賦頌，鐘鼎之銘，皆播吾之迹。」❷ 金石銘文以及竹帛所書，於是充塞宇內。墨子南遊使衛，載書甚多 ❷；莊子言及「舊法世傳之史，尚多有之。」❷ 墨子也嘗見百國春秋，直接引及周之春秋，燕之春秋，宋之春秋，齊之春秋 ❷；孟子則稱述晉之《乘》，楚之《檮杌》，魯之《春秋》 ❷，足證在戰國時代，春秋時代的史籍，存留甚多。上推至夏、商、周三代的載籍，也不少流傳，所謂夏書、商書、殷書、周書、周志，屢被春秋戰國時代的著述引

❷ 《禮記・內外》。

❷ 《墨子》卷十二〈貴義〉，又同書〈天志中〉云：「書於竹帛，鏤之金石，琢之槃盂，傳遺後世子孫。」

❷ 《韓非子・外儲說》。

❷ 《墨子・貴義》。

❷ 《莊子・天下》。

❷ 《墨子・明鬼下》。

❷ 《孟子・離婁》。

及❸⓿。「尚考之乎商周虞夏之記」❸⓵，則是虞舜時代的載籍也存在了。所以在中國的古代，書籍甚多，加上金石銘文，蔚為文獻的大觀。幾部留傳至今的史學名著，都有豐富的文獻根據：

　　《尚書》顧名思義，是中國古代的公文或檔案❸⓶，如〈甘誓〉、〈湯誓〉、〈費誓〉、〈牧誓〉、〈秦誓〉等篇，是誓師之辭；〈湯誥〉、〈盤庚〉、〈大誥〉、〈多士〉、〈多方〉等篇，是誥天下之辭；〈康誥〉、〈酒誥〉、〈梓材〉、〈文侯之命〉等篇，是封命之辭，都是政府的公文。《史記・孔子世家》云：「孔子之時，周室微而禮樂廢，詩書缺。追迹三代之禮，序書傳，上紀唐虞之際，下至秦繆，編次其事。曰：『夏禮吾能言之，杞不足徵也。殷禮吾能言之，宋不足徵也。足則吾能徵之矣。』

---

❸⓿　以《左傳》為例，其引及夏書、商書、周書、周志者如下：莊公十四年，商書所謂惡之易也，如火之燎于原，不可鄉邇，其猶可撲滅？僖公二十四年，夏書曰：地平天成。僖公二十七年，夏書曰：賦納以言，明試以功，車服以庸。文公二年，周志有之：勇則害上，不登於明堂。文公六年，商書曰：沉漸剛克，高明柔克。文公七年，夏書曰：戒之用休，董之用威，勸之以九歌，勿使壞。宣公十五年，周書所謂庸庸祗祗者。成公六年，商書曰：三人占，從二人。昭公十七年，夏書曰：辰不集于房，瞽奏鼓，嗇夫馳，庶人馳。以《墨子》為例，其〈七患〉篇云：「夏書曰：『禹七年水』。殷書曰：『湯五年旱』。」「夏書曰：『國無三年之食者，國非其國也；家無三年之食者，子非其子也。』」其他載籍所引，不復贅。

❸⓵　《墨子・非命》。

❸⓶　說見屈萬里著《先秦文史資料考辨》第二章，頁316。

觀殷夏所捐益，曰：『後雖百世可知也，以一文一質。周監二代，郁郁乎文哉。吾從周。』故書傳、禮記自孔氏。」編定《尚書》的孔子，富有博徵文獻的精神，文獻不足則不言(《論語·八佾篇》，子曰：「夏禮吾能言之，杞不足徵也。殷禮吾能言之，宋不足徵也。文獻不足故也。足則吾能徵之矣。」)，與希臘史學家沒有文獻的根據而想像演說辭的情況相比較，相去誠不可以道里計。「孔子觀書於周室，得虞、夏、商、周四代之典，乃刪其重者，定為尚書百篇。」❸ 千年後劉知幾所言，仍能見其真相。

《春秋》一書，記二百四十二年之事，孔子所能及見者六十一年，所能親聞者八十五年，所能得之傳聞者九十六年❸，其中自然參用了不少口頭傳說的材料。但是文獻仍然是《春秋》一書的材料淵藪。「西觀周室，論史記舊聞，興於魯而次《春秋》，上記隱，下至哀之獲麟，約其文辭，去其煩重，以制義法。」❸ 「因史記作《春秋》，上至隱，下訖哀公十四年，十二公。據魯，親周，故殷，運之三代，約其文辭而指博。」❸ 所謂「論史記舊聞」，「因史記作《春秋》」，說明《春秋》係根據既有的文獻以寫成；所謂「約其文辭，去其

---

❸ 《史通·六家》。

❸ 《公羊傳》：隱公元年，冬，十有二月，……公子益師卒。何以不日？遠也。所見異辭，所聞異辭，所傳聞異辭。按所見者謂昭定哀時事，所聞者謂文宣成襄時事，所傳聞者謂隱桓莊閔僖時事。昭定哀三公共六十一年，文宣成襄四公共八十五年，隱桓莊閔僖五公共九十六年。

❸ 《史記·十二諸侯年表》序。

❸ 同書〈孔子世家〉。

煩重」，則充分顯示出《春秋》刪削舊文的痕跡。孔子述而不作，一字之微，必有根據，疑則闕之。於「燕」一再書「北燕」❸，為從舊文；一人之卒而屬於二❸，為遵守「信以傳信，疑以傳疑」的原則。孔子尊重文獻的精神，千古灼然共見。

　　從《春秋》到《左傳》，在敘事的翔實方面，有絕大的進步。《漢書・藝文志》曾敘述其寫成云：「周室既微，載籍殘缺，仲尼思存前聖之業，乃稱曰：『夏禮吾能言之，杞不足徵也；殷禮吾能言之，宋不足徵也。文獻不足故也。足則吾能徵之矣。』以魯周公之國，禮文備物，史官有法，故與左丘明觀其史記，據行事，仍人道，因興以立功，就敗以成罰，假日月以定曆數，藉朝聘以正禮樂，有所褒諱貶損，不可書見，口授弟子，弟子退而異言。丘明恐弟子各安其意，以失其真，故論本事而作傳，明夫子不以空言說經也。《春秋》所貶損大人當世君臣，有威權勢力，其事實皆形於傳。」可見《左傳》係左丘明根據魯國豐富的文獻以寫成。左丘明是否為《左傳》的作者，自然是很大的問題，但是《左傳》容納了春秋時代大量的文獻，則是不容置疑的。與《左傳》為姊妹作的《國語》，也包含了可觀的春秋文獻。所謂「百國寶書」❸，實為二書的材料淵藪。至於二書的作者為誰，應是次要的問題了。

　　《史記》的文獻根據，是昭昭然在人耳目的。世居史官的司馬氏，到司馬談、司馬遷的時代，掌握了天下所有的歷

❸　見《穀梁傳》襄公二十九年及昭公三年。

❸　《穀梁傳》：桓公五年，春正月，甲戌己丑，陳侯鮑卒。

❸　章學誠《文史通義・黜陋篇》云：「左因百國寶書」。

史文獻。司馬遷自序《史記》云：「周道廢，秦撥去古文，焚滅詩書，故明堂石室金匱玉版圖籍散亂。於是漢興，蕭何次律令，韓信申軍法，張蒼為章程，叔孫通定禮儀，則文學彬彬稍進，詩書往往間出矣。自曹參薦蓋公言黃老，而賈生、鼂錯明申、商，公孫弘以儒顯，百年之間，天下遺文古事靡不畢集太史公。太史公仍父子相續纂其職。曰：『於戲！余維先人嘗掌斯事，顯於唐虞，至于周，復典之，故司馬氏世主天官。至於余乎，欽念哉！欽念哉！』罔羅天下放失舊聞，王迹所興，原始察終，見盛觀衰，論考之行事，略推三代，錄秦漢，上記軒轅，下至于茲，著十二本紀，既科條之矣。並時異世，年差不明，作十表。禮樂損益，律曆改易，兵權山川鬼神，天人之際，承敝通變，作八書。二十八宿環北辰，三十輻共一轂，運行無窮，輔拂股肱之臣配焉，忠信行道，以奉主上，作三十世家。扶義俶儻，不令己失時，立功名於天下，作七十列傳。凡百三十篇，五十二萬六千五百字。」❹百年之間，天下遺文古事靡不畢集太史公，又進一步網羅天下放失舊聞，《史記》的文獻根據，其豐富絕非希臘羅馬史學家所能想像。班固曾作評云：「司馬遷據《左氏》、《國語》，采《世本》、《戰國策》，述《楚漢春秋》，接其後事，訖于大漢。其言秦漢詳矣。至於采經摭傳，分散數家之事，甚多疏略，或有抵梧。亦其涉獵者廣博，貫穿經傳，馳騁古今上下數千載間，斯以勤矣。」❹廣博涉獵，馳騁古今上下數千年間，其勤可以想見。而且實際上除了《左氏》、《國語》、《世本》、

---

❹　《史記・太史公自序》。

❹　《漢書・司馬遷傳》贊。

《戰國策》、《楚漢春秋》幾部書外，司馬遷所引用的文獻，無涯無涘。舉凡後世所分類的經史子集之書，皆大量引及㊷。如〈五帝本紀〉、〈夏本紀〉、〈殷本紀〉、〈周本紀〉以及〈孔子世家〉、列國世家，便將幾部重要的經書，絕大部分採入㊸；〈管晏列傳〉、〈老子韓非列傳〉、〈孫子吳起列傳〉、〈孟子荀卿列傳〉等篇，博採了先秦諸子學說的精華；〈屈原賈生列傳〉、〈司馬相如列傳〉等篇，則登載了他們的重要文章；至於所引及的牒記、《五帝繫牒》㊹、《春秋歷譜牒》㊺、《禹本紀》㊻、《秦紀》㊼、《功令》㊽，則是極為淩散而性質相當原始的文

㊷ 日人瀧川龜太郎在《史記會注考證》中對《史記》所取的材料，曾作統計，至七十餘種之多。這只是司馬遷在書中所提到而可考而知的。所以《漢書・司馬遷傳》贊所云，係僅舉其著者。至於鄭樵所謂「亙三千年之史籍，而跼蹐於七八種書，所可為遷恨者，博不足也。」（《通志》總序）則是妄語。

㊸ 如司馬遷所採用的《尚書》諸篇：〈五帝本紀〉全載〈堯典〉（包括今本〈舜典〉）。〈夏本紀〉全載〈禹貢〉、〈皋陶謨〉、〈甘誓〉諸篇。〈殷本紀〉、〈宋微子世家〉全載〈湯誓〉、〈洪範〉、〈高宗肜日〉、〈西伯戡黎〉諸篇，〈微子〉篇載其半，〈盤庚〉篇略載大意。〈周本紀〉、〈魯周公世家〉全載〈牧誓〉、〈金縢〉二篇，〈無逸〉、〈呂刑〉、〈費誓〉載其半，〈多士〉、〈顧命〉略載大意。此外〈燕召公世家〉採及〈君奭〉，〈衛康叔世家〉採及〈康誥〉、〈酒誥〉、〈梓材〉，〈秦本紀〉採及〈秦誓〉。（詳見張舜徽《中國歷史要籍介紹》，頁 302–331，湖北人民出版社，1955 年 11 月初版。）

㊹ 《史記・三代世表》序。

㊺ 同書〈十二諸侯年表〉序。

㊻ 同書〈大宛列傳〉。

獻。所以司馬遷的牛馬走天下，「西至空峒，北過涿鹿，東漸於海，南浮江淮」❹，「登廬山，觀禹疏九江」❺，「適魯，觀仲尼廟堂車服禮器」❺，「過大梁之墟，求問其所謂夷門」❺，「適楚，觀春申君故城宮室」❺，「適長沙，觀屈原所自沉淵」❺，其性質與希臘史學家希羅多德的四出遊歷，是頗有不同的。希羅多德主要靠遊歷聞見所得，以寫成其大著。司馬遷則僅以遊歷聞見補充文獻的不足，兼作直接的驗證。二者相較，孰優孰劣，應不待深辨了。

以詳贍著稱的《漢書》，其文獻的根據，也斑斑可考。奠基者班彪，有感於「武帝時司馬遷著《史記》，自太初以後，闕而不錄，後好事者頗或綴集時事，然多鄙俗，不足以踵繼其書。」❺乃「繼採前史遺事，傍貫異聞，作後傳數十篇。」❺其子班固繼之。班固「博貫載籍，九流百家之言，無不窮究」❺，以父所續前史未詳，乃潛精研思，賡續其業，歷二十餘年而成書❺。觀其於〈敘傳〉云：「固以為唐虞三代，詩書所及，

❹ 同書〈六國年表〉序。

❹ 同書〈儒林列傳〉。

❹ 同書〈五帝本紀〉。

❺ 同書〈河渠書〉。

❺ 同書〈孔子世家〉。

❺ 同書〈魏公子列傳〉。

❺ 同書〈春申君列傳〉。

❺ 同書〈屈原賈生列傳〉。

❺ 《後漢書·班彪傳》。

❺ 同上。

❺ 《後漢書·班固傳》。

世有典籍，故雖堯舜之盛，必有典謨之篇，然後揚名於後世，冠德於百王。故曰『巍巍乎其有成功，煥乎其有文章也！』漢紹堯運，以建帝業，至於六世，史臣乃追述功德，私作本紀，編於百王之末，廁於秦、項之列。太初以後，闕而不錄。故探纂前記，綴輯所聞，以述《漢書》，起元高祖，終于孝平王莽之誅，十有二世，二百三十年，綜其行事，旁貫五經，上下洽通，為春秋考紀、表、志、傳，凡百篇。」❺❾ 既云「探纂前記，綴輯所聞，以述《漢書》」，與其父「探前史遺事，傍貫異聞，作後傳數十篇」，同樣是根據歷史文獻以寫成的。班固又以郎官令史典校秘書，優游蘭臺，遂得盡窺石渠天祿之藏，以致《漢書》的內容，就極為豐富了。一般訾議《漢書》者，認為《漢書》述漢初至武帝太初年間事，多用《史記》原文，而即以為己作，無異鈔竊❻⓪。實際上這是史學家慎重運用文獻的表現❻❶。何況班固也不是完全沒有增刪損益之功，

❺❽　同上。

❺❾　《漢書》。

❻⓪　如劉知幾於《史通・雜說上》篇云：「班氏一準太史，曾無弛張，靜言思之，深所未了。」鄭樵於《通志》總序則云：「自高祖至武帝，凡六世之前，盡竊遷書，不以為慚。」

❻❶　章學誠於《文史通義・言公篇》云：「世之譏班固者，責其孝武以前之襲遷書，以謂盜襲而無恥，此則全不通乎文理之論也。」又云：「固書斷自西京一代，使孝武以前不用遷史，豈將為經生決科之同題而異之乎！必謂孝武以後為固之自撰，則馮商、揚雄之紀，劉歆賈護之書，皆固之所原本，其書後人不見，而徒以所見之遷史怪其盜襲焉，可謂知白出而不知黑入者矣。」又〈答甄秀才論修志第二書〉云：「班襲遷史，孝武以前，多用原

仔細比較《史記》、《漢書》，《漢書》有增傳處，有增事蹟處，有訂正事實處，文字上也略有潤色 **❻**。尤其多載有用之文，舉凡文字之有關於學問，有繫於政務者，必一一載之。如〈賈誼傳〉載其〈治安策〉，〈鼂錯傳〉載其〈教太子疏〉、〈言兵事疏〉、〈募民徙塞下疏〉、〈賢良策一道〉，〈路溫舒傳〉載其〈尚德緩刑疏〉，〈賈山傳〉載其〈至言〉，〈鄒陽傳〉載其〈諷諫吳王濞邪謀書〉，〈枚乘傳〉載其〈諫吳王謀逆書〉，〈韓安國傳〉載其〈與王恢論伐匈奴事〉，〈公孫弘傳〉載其〈賢良策〉，此皆《史記》所無而《漢書》增載者 **❻**。可見《漢書》述武帝太初以前事，參用了不少《史記》以外的文獻。武帝太初以後至平帝六世事，《漢書》則採用了班彪所寫的後傳及其他各家記載。如〈元帝紀〉、〈成帝紀〉、〈韋賢傳〉、〈翟方進傳〉、〈元后傳〉，皆有採用班彪後傳的痕跡 **❻**。〈趙尹韓張

文，不更別異。以《史》《漢》同一紀載，而遷史久已通行，故無嫌也。」

❻ 參見趙翼《廿二史劄記》卷二，「漢書增傳」、「漢書增事蹟」條。今人吳福助〈史漢關係〉一文（曾文出版社印行，約印行於民國六十四年），將《史記》《漢書》作了最全面的比較，深值參考。

❻ 參見趙翼《廿二史劄記》卷二「漢書多載有用之文」條。

❻ 《漢書‧元帝紀》贊云：「臣外祖兄弟為元帝侍中，語臣曰……」〈成帝紀〉贊云：「臣二姑充後宮為婕妤，父子昆弟侍帷幄，數為臣言成帝……」此處所謂「臣」，皆班彪自稱。應劭說：「元成紀皆班彪所作。」〈韋賢〉、〈翟方進〉、〈元后〉三傳贊，皆逕稱「司徒掾班彪曰」，三傳的出於班彪之手，相當可能。參見安作璋所寫〈班固傳〉（載於《中國史學家評傳》，中州古籍出版

兩王傳〉贊則云：「自孝武置左馮翊、右扶風、京兆尹，而吏民為之語曰：『前有趙張，後有三王』。然劉向獨序趙廣漢、尹翁歸、韓延壽、馮商傳王尊，揚雄亦如之。」此明白顯示參考了劉向、馮商、揚雄的作品。馮商作《續太史公》七篇❻，《漢書·張湯傳》贊曾引及馮商之語。劉向、揚雄亦繼司馬遷之後，續撰史記❻。班固引以為據，極合情理。前人屢言之，而不容置疑者，為《漢書·律歷志、五行志》本於劉向、歆父子之作，〈藝文志〉本於劉歆《七略》❻，劉向的《說苑》、《新序》，也可能是《漢書》的材料淵源❻。「探纂前記，綴輯所聞」，本為班固所明言，史文必有所本，不能憑虛臆造，又為中國古代史學家的信條。然則從孔子到班固，中國古代史學家的史學著述，其文獻材料的豐富與堅實，絕非西方古代史學家所能想像。比較中西史學，自此等處著眼，其異同自清晰呈現了。

社，1985 年 3 月初版）。

❻ 見《漢書·藝文志》。

❻ 《史通·古今正史》篇云：「《史記》所書，年止漢武，太初以後，闕而不錄。其後劉向，向子歆及諸好事者，若馮商、衛衡、揚雄、史岑、梁審、肆仁、晉馮、段肅、金丹、馮衍、韋融、蕭奮、劉恂等，相繼撰續，迄於哀平間，猶名史記。」另可參考楊樹達之說（《漢書窺管》卷八，頁 602，該書為《楊樹達文集》之十，上海古籍出版社出版，1984 年 1 月第一版。初問世於1955 年，由中國科學出版社出版）。

❻ 說見陳直《漢書新證》（天津人民出版社，1959 年 10 月第一版）自序。

❻ 同上。

第五章 史學著述的成績比較（中）

㈡史學著述的範圍與內容

史學家銳意創寫近代史與現代史，是西方古代史學的一大特色。希羅多德的《波斯戰史》，是寫西元前五世紀前半期的歷史，為希羅多德目所及見，耳所能聞。修昔底德的《伯羅邦內辛戰史》，是很標準的現代史，他曾說：「我發現不可能獲得遠古的真正具體知識，即使是我們前一代的歷史，因為時間上太遙遠了。」❶他甚至認為歷史事件以前與以後發生些什麼，都無意義。寫《內陸挺進》(*March into the Interior*) 的錫諾芬 (Xenophon, c. 430–? 350 B.C.)，是一位將軍，親寫其戰爭經歷。傾十年以上的時間，寫成其巨著《歷史》(*Historia*) 的波力比阿斯❷，所寫者不過是從西元前 220 年到 168 年共五十三年的羅馬近代現代史❸。希臘史學家用理性

---

❶ Thucydides, *History of the Peloponnesian War, I* 20 (tran. R. Warner).

❷ 參見王任光〈波力比阿斯的史學〉一文（載於《臺大歷史學報》第三期，民國六十五年）。

❸ 除了 Herodotus, Thucydides, Xenophon, Polybius 幾位名史學家以外，希臘其他史學家，也是著眼於寫近代現代史。Arnaldo

與經驗代替了神話與史詩的權威，卻未能發展任何適當發現遙遠過去的方法 ❹，以致偏愛可以建築在目擊者所述的證據

Momigliano 曾云："It is evident that all these 'great' historians did in fact tend to write either exclusively or prevalently about facts of the near past. Herodotus wrote about the Persian Wars, an event of the previous generation; Thucydides wrote the history of the contemporary Peloponnesian War: Xenophon concentrated on the Spartan and Theban hegemonies (404–362 B.C.), which he had witnessed; Polybius started in earnest with the Second Punic War (218 B.C.) and went it down to his own time, until c. 145 B.C. The same applies to Sallust, Livy, Tacitus (who covered the preceding hundred years), and to Ammianus Marcellinus (who devoted thirteen books to the period A.D. 96–352 and the remaining eighteen to the history of only twenty-six years). The same bias towards near-contemporary events was be found in other historians of great repute whose works are now lost, except for fragments. Theopompus wrote on the events dominated by his contemporary, Philip II of Macedon; Ephorus dealt with archaic Greek history in ten books, gave another ten books to the fifth century B.C., and reserved approximately ten books to 386–340 B.C.; Timaeus filled the greater part of the thirty-eight books of his history of Western (mainly Sicilian) Greeks with the event of his own time—roughly 340–288 B.C.; Posidonius continued Polybius for the last century from 143 B.C. to his own day, about 70 B.C." ("Tradition and Classical Historian", in Arnaldo Momigliano, *Essays in Ancient & Modern Historiography*, 1977, pp. 161–162.)

❹ Ernst Breisach, *Historiography, Ancient, Medieval & Modern*, 1983, p. 35.

上的現代史，或所能傾聽到的極近的近代史。羅馬時代的大史學家塔西塔斯，所寫《羅馬帝國史》，係敘述西元 14 年至 96 年間的羅馬歷史，仍為作者所能接及的時代。李維的《羅馬史》，涉時七百年，應是西方古代超越近代史、現代史範圍的一部通史了，但是李維卻被冠上一個「編纂者」(Compiler) 之名。西方古典史學家當他不是一位能看到或聽到往事的獨立探究者時，他勢將變成一位編纂者❺。薈萃豐富的舊文獻，寫成一部貫串古今的信史，對西方古代史學家而言，是難以勝任的❻。

　　史學家集中目光於軍事史與政治史，而將經濟史與社會史幾乎完全摒除於撰述範圍之外，是西方古代史學的另一特徵。研究希臘羅馬史極有成就的蒙彌葛廉諾 (Arnaldo Momigliano) 曾說：「古典史學家沒有籠罩我們所感興趣的歷史的所有領域。他們探究相當於我們所謂軍事史與政治史的

---

❺ R. G. Collingwood, *The Idea of History*, p. 40: "Livy had attempted a really great task, but he has failed in it because his method is too simple to cope with the complexity of his material, and his story of the ancient history of Rome is too deeply permeated with fabulous elements to be ranked with the greatest works of historical thought. ...As the Empire went on, historians began more and more to content themselves with the wretched business of compilation, amassing in an uncritical spirit what they found in earlier works and arranging it with no end in view except, at best, edification or some other kind of propaganda."

❻ Ernst Breisach, *Historiography, Ancient, Medieval & Modern*, pp. 38–39.

有限領域，幾乎完全將經濟、社會與宗教現象摒除。」❼描寫
戰爭實況的書，幾乎佔了希臘史學著述總量的五分之四❽，
是一項值得注意的統計。《波斯戰史》、《伯羅邦內辛戰史》、
《內陸挺進》以及羅馬史學家凱撒 (Julius Caesar, 100–44 B.C.)
的《高盧戰記》(*Commentaries on the Gallic War*)，薩拉斯特
(Sallust, 86–c. 34 B.C.) 的《裘哥他戰爭》(*The Jugurthine War*)，
都是以戰史為名。不以戰史為名者，也多寫戰爭。戰爭在希
臘人心目中，是一自然事實，像生與死一樣，無法避免。希
臘人興趣在追尋戰爭的原因，於是戰爭就變為希臘史學的重
心了❾。希臘史學影響羅馬史學❿，於是羅馬史學也離不開
戰爭了⓫。在政治史的撰寫方面，創寫政治史的修昔底德⓬，

---

❼ Arnaldo Momigliano, "Popular Religious Beliefs and the Late
Roman Historians", in Arnaldo Momigliano, *Essays in Ancient &
Modern Historiography*, p. 142: "Classical historians did not cover
all the field of history in which we are interested. They explored a
limited field which corresponds to what we call military and
political history, to the almost total exclusion of economic, social
and religious phenomena."

❽ Arnold Toynbee, *Greek Historical Thought*, 1952, p. xiii.

❾ 參見 Arnaldo Momigliano, "Some Observations on Causes of War
in Ancient Historiography", in Arnaldo Momigliano, *Studies in
Historiography*, pp. 120–121.

❿ J. B. Bury, *The Ancient Greek Historians*, p. 241: "Roman
historiography followed the lines of Greek historiography from
which it sprang."

⓫ 紹特韋爾著，何炳松、郭斌佳譯，《西洋史學史》，商務印書館，
民國十八年至二十年之間初版，頁295:「羅馬史實為連年戰爭

只寫政治史與軍事史，他認為世界上值得擁有的唯有政治史，最多易其名為政治軍事史 (politico-military history)，此一觀念，不僅影響希臘羅馬，使一時為之風靡❸，也特別影響到十九世紀，以致「歷史是過去的政治，現在的政治是將來的歷史」(History is past politics, and present politics future history.) 之說，悠然而出現了 ❹。羅馬最偉大的史學家塔西塔斯寫其大著《年代記》(*Annals*)，係以政治為題材，雖然他已知道蒐羅社會資料及悟到經濟因素，但是基本上他是一位羅馬政治史學家 (a historian of Roman politics) ❺。沉醉於軍事史與政治史的撰述中，而不思開疆拓土，是西方古代史學家的一種偏向。

文化史與世界史的範圍，西方古代史學家也觸及到了。希羅多德興高采烈地敘述民族的起源與風俗，敘述城鎮、邊界、憲法、政治，敘述埃及、阿拉伯、印度、徐西亞 (Scythia)、利比亞與色雷斯 (Thrace) 的奇異。其作品的此類描述部分，不是僅為末節，滿足人類對於陌生民族與地方的好奇心而已，而係實質的追問，構成一部範圍廣闊的文化史 ❻。以致他被

史，李維所最擅長者，即在形容戰後與戰時之情景。」

❷ J. B. Bury, *The Ancient Greek Historians*, p. 92: "Thucydides created political history; economic history is a discovery of the nineteenth century."

❸ Ernst Breisach, *Historiography, Ancient, Medieval & Modern*, 1983, p. 38: "Thucydidean political history remained prominent for centuries."

❹ 參見 Michael Grant, *The Ancient Historians*, p. 113.

❺ Ibid., p. 279.

推為文化史的開創者 ❶。同時其作品具有世界史的某些特色，雖然在時間上與空間上都不是世界性的。在時間上不是世界性的，是指未遠追希臘的歷史；在空間上不是世界性的，是指未寫及西希臘人 (Western Greeks) 及西地中海的民族 (the people of the Western Mediterranean)。但是它有很高的所謂世界史的素質，集中一種觀點，將各民族息息相關的歷史，融入一和諧的敘述中，這是人類的一部歷史 (the common history of man) ❶。希羅多德也已盡力寫所知的世界 ❶，他自己說：「關於歐洲的極西部，我沒有確實消息。……竭力之所能，我終未發現任何人能給我第一手的消息，證明歐洲以北及以西有一大海存在。」❷ 他對於波斯人也採取了極端寬容的態度，不掩其美德，稱頌其風俗。他認為其主要的工作之一，是描述東方非希臘人的成就。其諾言充分實現，壯觀的一群波斯偉人出現在他的書中。比起很多地方熱愛主義者的希臘人，他是太富有世界精神了 ❷。希羅多德以後，修昔底德不

---

❶ Ernst Breisach, *Historiography, Ancient, Medieval & Modern*, p. 12.

❶ Ibid., p. 18.

❶ J. B. Bury, *The Ancient Greek Historians*, p. 45.

❶ Ibid., p. 74.

❷ Herodotus, *The Histories*, III 115 (tran. A. de Se'lincourt): "About the far west of Europe I have no definite information. ...In spite of my efforts to do so, I have never found anyone who could give me first-hand information of the existence of a sea beyond Europe to the north and west."

❷ 參見 Michael Grant, *The Ancient Historians*, p. 59.

寫過去，只寫現在；不寫邊遠地區，只寫所居地發生之事 ❷；同時只寫政治史與軍事史，自然談不到寫文化史與世界史了。波力比阿斯的大著《歷史》，是一部有世界眼光的世界史，他迷惑「羅馬政體究竟有什麼特點，使已知的整個世界，在短短的五十三年，幾乎完全屈服在羅馬的威權下？」❷ 他感慨同時代的人，未嘗寫過一部有系統的世界史，以致熱心去嘗試；同時感慨一些認為從歷史專文就可以得到歷史全貌的人，和一些觀察眼前四分五裂的肢體就以為是看到原來那活生生和美麗的人體，犯了同樣的毛病 ❷，「對瞭解世界史的全貌，歷史專文的貢獻，實在是微乎其微的。祇有將許多事件連接起來，相互比較，指出彼此間的異同，我們才能具有觀察事實的能力，因而從歷史獲得樂趣和益處。」❷ 羅馬帝國無疑將波力比阿斯拖向世界史的領域去了。

　　西方古代史學著述的範圍，在時間上以近代史與現代史為界限；在實質上以政治史與軍事史為經緯；約略觸及文化史與世界史的邊緣。其範圍如此，其內容遂受限制。

　　一部有豐富文獻根據而貫串千年以上的通史，在西方古代未曾出現。一般是五十年上下的歷史，史學家不肯也無法遠追古代的歷史，使西方的信史時間縮短，也使西方古代的

❷　A. D. Momigliano, "The Place of Herodotus in the History of Historiography", in A. D. Momigliano, *Studies in Historiography*, p. 130.

❷　Polybius, *The Histories*, 1·1 (tran. Evelyn S. Shuckburgh).

❷　Ibid., 1·4.

❷　Ibid.

史學著述，大為失色。世界史僅為少數史學家所憧憬的目標，文化史差不多等於一種點綴，其世界史與文化史的內容，也可以想見了。因此西方古代史學著述的內容，其精采處，盡在政治與軍事方面。如修昔底德的《伯羅邦內辛戰史》所載伯里克里斯的葬禮演詞，即光耀千古：

「我們的政治制度不是從我們鄰人模仿而來的。我們的制度是別人的模範，而不是我們模仿任何其他的人。我們的制度之所以被稱為民主政治，乃是因為政權是在全體公民手中，而不是在少數人手中。解決私人爭執的時候，每個人在法律前面一律平等；讓一個人負擔公職優先於他人的時候，所考慮的不是某一個特殊階級的成員，而是他的真正才能。任何人，只要他能對國家有所貢獻，絕對不會因為貧窮而在政治上湮沒無聞。正因為我們的政治生活是自由而公開的，我們彼此間的日常生活也是這樣的。當我們隔壁鄰人為所欲為的時候，我們不致於因此而生氣；我們也不會因此而給他以難看的顏色，以傷他的情感，儘管這種顏色對他沒有實際的損害。在我們私人生活中，我們是自由的和寬恕的；但是在公家的事務中，我們遵守法律。這是因為這種法律深使我們心悅誠服。」

「我們愛好美麗的東西，但是並不因此奢侈；我們愛好智慧，但是並不因此柔弱。我們把財富當作可以適當利用的東西，而不把它當作可以誇耀的東西。至於貧窮，誰也不必以承認自己貧窮為恥；真正的恥辱是

不擇手段以避免貧窮。在我們這裡，每一個人所關心的，不僅是他自己的事務，而且也及於國家的事務；就是那些最忙於他們自己的事務的人，對於一般政治也是很熟悉的──這是我們的特點：一個不關心政治的人，我們不說他是一個注意自己事務的人，而說他根本沒有事務。我們雅典人自己決定我們的政策，或者把決議提交適當的討論；因為我們認為言論和行動間是沒有矛盾的；最壞的是沒有適當地討論其後果，就冒失開始行動。這一點又是我們和其他人民不同的地方。我們能夠冒險；同時又能夠對於這個冒險事先深思熟慮。他人的勇敢，由於無知；當他們停下來開始思考的時候，他們就開始疑懼了。但是真的算得勇敢的人是那個最了解人生的幸福和災患，然後勇往直前，擔當起將來會發生的事故的人。」

「再者，在關於一般友誼的問題上，我們和其他大多數的人也成一個明顯的對比。我們結交朋友的方法是給他人以好處，而不是從他人方面得到好處。這就使我們的友誼更為可靠。因為我們要繼續對他們表示好感，使受惠於我們的人永遠感激我們。但是受我們一些恩惠的人，在感情上缺少同樣的熱忱，因為他們知道，在他們報答我們的時候，這好像是償還一筆債務一樣，而不是自動地給予恩惠。在這方面，我們是獨特的。當我們真的給予他人以恩惠時，我們不是因為估計得失而這樣做的，乃是由於我們慷慨，這樣做而不後悔。因此如果把一切都合起來考慮的話，我可以

斷言，我們的城市是全希臘的學校；我可以斷言，我們每個公民，在許多生活方面，能夠獨立自主；並且在表現獨立自主的時候，能夠特別地表現溫文爾雅和多才多藝。」

「那麼，這就是這些人為它慷慨而戰、慷慨而死的一個城邦，因為他們只要想到喪失了這個城邦，就不寒而慄。很自然地，我們生於他們之後的人，每個人都應當忍受一切痛苦，為它服務。」❷

全部演詞洋洋灑灑數千言，上面只是其中的片段。修昔底德沒有文獻的根據而想當然的寫出這篇演詞，雖然在史學上犯了極大的戒律，但是他借伯里克里斯之口，寫出了自己親自見到認識到的雅典，使一個愛好美麗，愛好智慧，而且民主自由，寬恕和平的城邦，呈現在世人眼前，在史學上，這應是極大的貢獻。幾乎所有希臘、羅馬史學家，應用了這種方法（所謂修辭學的方法），使希臘、羅馬的政治，放射閃爍的光芒，歷兩千年之久。在世界史學上，這是很獨特的。

戰爭的描述，尤其是西方古代史學家的特長。希羅多德描述波斯色且斯王 (King Xerxes) 以大軍進攻希臘的戰役，即極生動曲折。觀其描述戰爭的尾聲云：

「蠻人在色且斯率領之下圍了過來，連尼達 (Leonidas，按此人為希臘各城邦聯軍的統帥) 所率的希臘軍隊也

---

❷ Thucydides, *History of the Peloponnesian War*, Book II, translated by Rex Warner; 中譯有謝德風的譯文，今據之，略作潤色。

迎了上去，他們既有赴死的決心，速度就比日前為快，來到關口中比較開敞的部分。在這以前，他們總鎮守住關口狹壁，而由那壁出去最窄處攻打敵人。現在他們由狹壁處出來，與蠻人對陣交鋒，猛烈攻殺他們。敵人成群陣亡。蠻人後面是他們的部隊長，這些隊長手拿著鞭子，再三鞭促他們上前。於是許多人被擠趕下海，更多人因自相踐踏而死，但沒有人管他們的死活。希臘人這一邊早已抱了必死的決心，也知道既然波斯人已越過了山（按此時波斯軍隊越過 Asopus 山進擊希臘軍隊），他們是非滅亡不可了，因此個個奮勇戰鬥，猛銳至極。

這時他們已經把大部分的槍都拋完了，於是用短劍前進，攻殺波斯的列兵。戰事持續下去，連尼達勇敢地陣亡了。與他共捐軀的斯巴達人，我曾細加研究，知名者計有三百。同時，許多有名的波斯人也倒了下來：包括了大流士王 (King Darius) 的兩個兒子……。

這就是說色且斯的兩個兄弟都戰死了。接著波斯人與拉西迪莫尼亞人 (Lacedaemonia) 為連尼達的屍體也打了起來（按連尼達為拉西迪莫尼亞人）。希臘人四次打退敵人，終於因他們的英勇而保住那屍體。這個爭奪戰還沒完，波斯軍隊……又逼了過來。希臘人聽到他們攻了過來，決定改變他們的戰術。他們退回去那最狹窄的隘道，甚至到那兩壁之後，在兩山交結的地方停了下來，大家站穩，排列成一團……。我所說兩山交結處就正在隘道入口，現在有一個獅子像，用以紀

念連尼達的地方。在這裡，他們誓死抵抗，還有刀的
用刀，沒有刀的用手，用牙齒。直到蠻人挖壞了山壁，
從四面八方蜂湧而上，在槍林之下，把他們完全消滅
為止。

所有希臘軍隊就這樣地光榮戰死了。不過據說有一位
士兵比其他人還勇敢，這就是斯巴達人迪涅斯
(Dieneces)。在希臘人和米提 (Medes) 人（按即波斯先
鋒軍）交上手時，他所說的話留傳至今。有一個特拉
琴尼亞 (Trachinia) 人對他說：『蠻人數目多得很，他們
射起箭來，把太陽都罩暗了。』迪涅斯對這話一點也不
怕。他反而輕笑米提人的數目，回答說：『這位特拉琴
尼亞的朋友帶來了大好消息，如果米提人把太陽擋住
了，我們正好可以在陰涼裡打仗。』……

陣亡的戰士就埋葬在他們倒下去的地方。所有在連尼
達下令撤退之前及其後陣亡的人，都一起被紀念。銘
石如下：

從伯羅奔尼撒 (Peloponnese) 地來的四千壯士，勇敢
抵擋三十萬敵軍。」 ❷⑦

　　史學家之筆，完全將一幅殘酷、激烈、悲壯的戰爭圖繪
出。人世間是否因此而戰爭頻仍呢? 這就有待世人的深思了。

❷⑦　Herodotus, *History of the Persian Wars*, Book VII, translated by
George Rawlinson (New York: Random House, 1942)；今據李弘
祺的中文譯文（見李弘祺編譯《西洋史學名著選》，時報出版公
司）。

波力比阿斯描述迦太基與羅馬之戰，尤為撼人心弦：

「所有作戰的安排皆妥當，雙方的騎兵也已交鋒了一陣，於是漢尼拔 (Hannibal) 下令騎象的兵士們開始向敵人進攻。但是當他們聽到號角響時，有一些象竟亂了起來，控制不了，往回衝向迦太基 (Carthage) 部隊的騎兵。這就使（羅馬將軍）馬薩尼沙 (Massanissa) 可以全速向迦太基軍的左翼撲殺過去，因為那裡的騎兵已被弄亂，無法保護他們了。剩下的象群則往羅馬陣線間空處的輕騎兵衝了過去，一方面固然殺傷了許多敵人，但象群也受很大的損失。後來，有些象因為驚慌了，就跑到空地去。西庇阿 (Scipio) 下令羅馬兵讓這些象安全跑出去。不過還是有一些象因受羅馬騎兵陣雨似的矛擊，衝到右邊去了。最後象群終於被逐出了戰場。就在象群踐踏奔跑的時候，雷留士 (Laelius) 逼了迦太基騎兵正面交起鋒來了。然後他又和馬薩尼沙一起威逼追逐。同時，雙方的重裝步兵團以整齊的步伐和絕大的信心開了過來，只有漢尼拔下的『義大利軍』留在原地不動。雙方接上手後，羅馬軍隊向前猛攻，齊聲嘶殺，以劍擊盾，造成喧天聲海。迦太基的傭兵們卻亂吼亂叫，令人不忍卒聞，用詩人的話說，那真是『（七嘴八舌），其聲不一』。

他們的叫聲不僅不齊，

他們的話語更多如其種族的紛紜。

這一下可以說是兩軍短兵交鋒，以力取勝了。戰鬥兵

員已不能用槍，而必須以劍互擊。僱傭兵因技術及勇氣較勝，因此一時間頗殺傷了一大群的羅馬兵。但是後者戰陣嚴謹，迄未散失，而武器又極精良，因此仍往前搏殺。後衛又支援前鋒，蜂湧而上，鼓舞前進的士氣。迦太基部隊卻沒有密切與前面的傭兵呼應，也沒有支援他們，而只顯出恐懼懦弱的表情。這一來，外族的軍隊就放棄了。他們氣憤迦太基人恬不知恥，隨意拋棄他們自己邊的部隊，因此撤退了，還踩傷或踐踏了後衛部隊，甚至開始殺那些人。這一來，迦太基人反而奮不顧身勇敢地相殺起來了。這是因為他們被自己僱的傭兵所砍殺，心至不願，而一下子要同時對付兩方面的軍隊。這一來，他們就把擲槍隊的戰陣給衝亂了。羅馬部隊遂必須以主力出來迎戰。但是迦太基自己的部隊及僱傭兵大部分畢竟在自相嘶殺下或被羅馬槍兵所殺死了。其殘餘部分開始往後逃，但漢尼拔下令部隊把槍頭平指，使他們無法逃回後陣，他們只好往空地或兩翼逃亡求生。

在兩軍對峙的中間地方充滿了血、傷兵和死屍。敵人潰敗倒替羅馬將軍帶來了不可思議的困擾。他們設想週到，使（羅馬軍的）進攻秩序變為十分困難——地上充滿血漬而十分滑，血痕斑斑的屍體堆積重疊武器拋滿一地。但是西庇阿命令他們把傷兵拖到後面去，又吹號下令在追擊中的槍兵退下來，讓他們重新佈置在戰線的前面。他再命令主力軍及左右部隊以密集隊形緊跟著穿過屍體，佈置在槍兵的左右兩翼。當他們

超過屍體，排好隊形，與槍兵整齊成列之後，敵對兩軍又開始攻殺，情勢如雷如火。由於人數、精神、勇氣和刀劍約略相同，因此很久都不分勝負。雙方兵勇奮不顧身，誓死而不絲毫讓步。直到最後，馬薩尼沙部和雷留士部在最神奇的關頭完成了追趕逃兵的任務回來了。他們從漢尼拔部隊的後面攻了過來，殺死了他們大量兵卒。其他想逃亡的，很少人逃得開，因為兵馬就在他們身邊，而地又很平（利於馬兵衝殺）。羅馬軍隊計有一千五百人陣亡，而迦太基方面則數逾兩萬，被虜者亦達此數。」❷❽

西方古代史學家如此不憚其煩的描繪戰爭，也無怪西方古代史學著述大多以戰爭為名了。

西方古代史學著述的範圍與內容，如上所述。中國方面是如何呢？

中國古代史學著述的範圍，就時間上來講，已從近代史、現代史擴展至貫串數千年的通史，這是極值得注目的。而且其近代史也非限於短短數十年的時間，往往長至兩三百年之久。《春秋》是孔子所寫的近代現代史，從魯隱公、桓公、莊公、閔公、僖公等所傳聞的時代，寫至親身及見的魯昭公、定公、哀公的時代，二百四十二年之間的歷史，總彙於一編之中。《左傳》則繼《春秋》之後，將魯隱公元年（西元前722

---

❷❽　Polybius, *The Histories*, translated by Evelyn S. Shuckburgh (Bloomington: Indiana University Press, 1962)；今據李弘祺的中文譯文（見李弘祺編譯《西洋史學名著選》）。

年）至魯哀公二十七年（西元前 468 年）二百五十五年之間的歷史，詳細鋪陳。班固撰《漢書》，專寫西漢二百三十年的歷史，中國的斷代史，從此開始，但就班固所處的時代而言（固生於漢光武帝建武八年，卒於和帝永元四年），這是一部很標準的近代史。所以將中國古代史學家所寫的近代史與西方古代史學家所寫的近代史相比較，在時間範圍上，已有長短的差距了。何況《漢書》中的〈古今人表〉，囊括了有史以來的人物；《漢書‧藝文志》則網羅古今的載籍；其他〈刑法〉、〈食貨〉、〈郊祀〉、〈五行〉諸志，亦皆追溯到遠古時代，《漢書》似乎也很有通史的意味了。

西元前第一世紀，司馬遷寫成其大著《史記》，上起黃帝，下迄漢武帝元狩元年（西元前 122 年）獲麟止，共述接近三千年的歷史，凡分十二本紀，十表，八書，三十世家，七十列傳，這是世界有史以來第一部貫串數千年的通史。十九世紀初葉以後西方史學家所倡寫的通史 (general history) 與世界史 (universal history) ㉙，奇蹟似地在兩千年以前的中國，已經出現了。人類數千年的歷史，述於一編，「原始察終，見盛觀衰」㉚，「究天人之際，通古今之變」㉛，而又「其文直，其事核，不虛美，不隱惡」㉜，人類史學的成就，孰大於此？

㉙　參見 Herbert Butterfield, "Ranke and the Conception of 'General History", in Herbert Butterfield, *Man on His Past*, 1955, pp. 100–141；拙著《史學方法論》第二十一章〈比較歷史與世界史〉。

㉚　《史記‧太史公自序》。

㉛　司馬遷〈報任安書〉。

㉜　《漢書‧司馬遷傳》贊。

言及此，中西史學孰領先，孰殿後，似乎不待詳辨了。

　　將歷史的空間範圍，擴展至整個世界，是中國古代史學著述的另一特色。孔子所寫的《春秋》，是一部世界史，而不是一部魯國史。所謂「其事則齊桓、晉文」❸，孔子是寫春秋二百四十二年間國際上所發生的大事，而不局限於魯國。而且孔子尊周王，吳楚之君自稱王，《春秋》貶之曰「子」；踐土之會實召周天子，《春秋》諱之曰「天王狩於河陽」，是孔子將其大一統的觀念，放到裡面去了。從此可知孔子係以世界性的眼光，寫一部超乎國界的世界史。

　　司馬遷繼《春秋》寫《史記》，他具有孔子大一統的觀念，而且在空間與時間的觀念上，都較孔子擴大。孔子寫春秋二百四十二年的歷史，他則寫從黃帝到他自己時代的歷史；孔子所寫世界史的範圍較小，主要限於諸夏及秦楚等重要外族國家。司馬遷則於中國以外，寫他所能知的整個世界，匈奴、朝鮮、南越、東越、西南夷、大宛，一一列傳，人跡所至，日月所臨，全寫到史著裡面去。列項羽於本紀，是從整個人類歷史著眼，「分裂天下，而封王侯」❹的項羽，代表人類的一個世紀；列孔子於世家，是從整個人類歷史衡量孔子，人類有史以來對學術最有貢獻的學者，應該有此尊榮。如此說來，司馬遷是一位最有世界眼光的史學家了，他寫了一部空間極為遼闊的世界史。一位西方漢學家也承認司馬遷寫了一部世界史。他說：「司馬遷寫了一部世界史。他的歷史的大部分是中國史，此乃由於他認為中國是世界的中心，人類進步

❸　《孟子‧離婁下》。

❹　《史記‧項羽本紀》。

與文明的最高峰，而且他也最知中國。但是他擴展其省察到各方面，包括了韓國、東南亞以及中國北部、西部等地區的敘述。換言之，他似乎盡其詳的慎重描繪中國邊疆以外的地方，只要他有可靠的知識。例如，他未言及東方的日本與西方的歐洲，幾乎可斷言不是由於缺乏興趣，而是由於缺乏資料。」❸ 司馬遷沒有寫日本與歐洲，可能由於他根本不知道有日本與歐洲的存在。他寫〈大宛列傳〉，寫大宛以外，兼寫烏孫、康居、奄蔡、大月氏、安息、條枝、大夏、身毒等國，他對千萬里以外的國家，有最大的興趣。如果他知道有日本與歐洲的存在，相信會百般蒐集資料以寫上幾筆的。就所知的世界以寫其歷史，是司馬遷的歷史世界。在這方面，與希羅多德的盡力寫所知的世界，是極為相似的。

---

❸ Burton Watson, *Ssu-ma Ch'ien: Grand Historian of China*, 1958, pp. 3–4: "Ssu-ma Ch'ien wrote a history of the world. Most of his space he devoted to the history of the area known to us as China, for the reason that this was, to him, the center of the world, the highest point of human advancement and culture, and the area about which he know most. But he extended his examination in all directions, including in his book accounts of the area now known as Korea, the lands of south-east Asia, and those to the west and north of China. In other words, he seems to have taken care to describe, in as much as possible, all the lands outside the borders of China of which he had any reliable knowledge. The fact that he says nothing, for instance, of Japan in the east or Europe in the west, is almost certainly due not to a lack of interest but to a lack of information."

　　政治史與軍事史自然在中國古代出現了，也擴及經濟史、社會史與學術文化史的範圍。《史記》、《漢書》是代表作品。

　　司馬遷參酌古今，新創了一種史學體例——紀傳體，用本紀、世家、列傳、書、表記載各類發生的事件❸，這是一種兼容並蓄的史學體例，西方未曾出現。在這種史學體例下，能寫出人類的全史，萬象畢陳❸。如歷史是少不了人物的，本紀、世家、列傳都是記人物，而詳略不同；又如歷史是擺脫不了時間的，表則專門以時間繫事件；歷史上的學術、制度、名物，紛紛出現，書則能一一予以披陳。司馬遷又有卓懷臝識，寫帝王將相以外，也寫社會上形形色色的人物，以致儒林、循吏、酷吏、游俠、佞幸、滑稽、日者、龜策之徒，貨殖者流，皆寫入列傳，這無疑是一部社會全史了；司馬遷也特重國家社會的經濟，既寫〈貨殖列傳〉，以明言「天下熙熙，皆為利來，天下攘攘，皆為利往」，又寫〈平準書〉，將漢初至武帝時代經濟的榮枯，和盤托出，這又是《史記》的具有經濟史的特色了；孔子、孟子、荀卿、老子、莊周、申

---

❸　趙翼《廿二史箚記》卷一「各史例目異同」條云：「古者左史記言，右史記事，言為尚書，事為春秋。其後沿為編年、記事二種。記事者，以一篇記一事，而不能統貫一代之全。編年者，又不能即一人而各見其本末。司馬遷參酌古今，發凡起例，創為全史，本紀以序帝王，世家以記侯國，十表以繫時事，八書以詳制度，列傳以誌人物。然後一代君臣政事，賢否得失，總彙於一編之中。自此例一定，歷代作史者，遂不能出其範圍，信史家之極則也。」

❸　張舜徽稱《史記》為百科全書式的通史，見張氏所著《中國歷史要籍介紹》（湖北人民出版社，1955 年 11 月初版）第三章。

不害、韓非等學術思想家，皆寫其學術思想與生平，八書中的〈天官書〉、〈曆書〉談天文算法，〈河渠書〉談水道地理，列傳中的〈匈奴〉、〈南越〉、〈東越〉、〈朝鮮〉、〈西南夷〉、〈大宛〉等傳，完全記載邊遠地區其他民族的山川、地域、風俗、人物，這也是《史記》的特別注重學術文化史了。《漢書》繼《史記》之後，不減其包羅萬象的特色。〈藝文志〉等於是一部總括人類學術成績的學術史；〈食貨志〉等於是一部自上古迄西漢末的經濟史；〈天文志〉、〈五行志〉等於是一部歷代天象人禍史；〈地理志〉等於是一部全國各地方的戶口、物產、風俗、人情史。如此說起來，《史記》與《漢書》的範圍，是從政治、軍事擴展到經濟、社會與學術文化等等方面了。

中國古代史學著述的範圍，既然如此廣闊，其內容自然蔚為大觀。具體、詳贍為其最大特色。以《漢書・地理志》為例，一一記載全國各地的戶口數字，已開了世界前所未有的先例，其總言全國的面積、土地、戶口云：「本秦京師為內史，分天下作三十六郡。漢興，以其郡大，稍復開置，又立諸侯王國。武帝開廣三邊。故自高祖增二十六，文、景各六，武帝二十八，昭帝一，訖於孝平，凡郡國一百三，縣邑千三百一十四，道三十二，侯國二百四十一。地東西九千三百二里，南北萬三千三百六十八里。提封田一萬萬四千五百一十三萬六千四百五頃，其一萬萬二百五十二萬八千八百八十九頃，邑居道路，山川林澤，群不可墾，其三千二百二十九萬九百四十七頃，可墾不可墾，定墾田八百二十七萬五百三十六頃。民戶千二百二十三萬三千六十二，口五千九百五十九萬四千九百七十八。漢極盛矣。」這真是具體而詳贍的記載了。

時間的確定，尤其是中國古代史學著述具體而詳贍的保證。《春秋》以事繫日，以日繫月，以月繫時，以時繫年。這種記事的方法，將歷史事件完全放置在確定的時間系統裡面，很多的事件，都知道發生在那一天。如《春秋》記魯僖公二十二年發生的事件云：「二十有二年，春，公伐邾，取須句。夏，宋公、衛侯、許男、滕子伐鄭。秋八月丁未，及邾人戰於升陘。冬十有一月己巳朔，宋公及楚人戰於泓，宋師敗績。」《左傳》的記載則云：「二十二年，春，伐邾，取須句，反其君焉，禮也。三月，鄭伯如楚。夏，宋公伐鄭。子魚曰：『所謂禍在此矣!』初，平王之東遷也，辛有適伊川，見被髮而祭於野者，曰：『不及百年，此其戎乎? 其禮先亡矣。』秋，秦晉遷陸渾之戎於伊川。晉大子圉為質於秦，將逃歸，謂嬴氏曰：『與子歸乎?』對曰：『子晉大子而辱於秦，子之欲歸，不亦宜乎? 寡君之使婢子侍執巾櫛，以固子也。從子而歸，弃君命也。不敢從，亦不敢言。』遂逃歸。富辰言於王曰：『請召大叔。《詩》曰：「協比其鄰，昏姻孔云。」吾兄弟之不協焉，能怨諸侯之不睦?』王說，王子帶自齊復歸於京師，王召之也。邾人以須句故出師，公卑邾，不設備而禦之。臧文仲曰：『國無小，不可易也。無備，雖眾不可恃也。《詩》曰：「戰戰兢兢，如臨深淵，如履薄冰。」又曰：「敬之敬之，天惟顯思，命不易哉。」先王之明德，猶無不難也，無不懼也，況我小國乎? 君其無謂邾小，蜂蠆有毒，而況國乎?』弗聽。八月丁未，公及邾師戰於升陘，我師敗績，邾人獲公胄，縣諸魚門。楚人伐宋以救鄭，宋公將戰，大司馬固諫曰：『天之弃商久矣，君將興之，弗可赦也已。』弗聽。冬十一月己巳朔，宋公及楚

人戰於泓,宋人既成列,楚人未既濟,司馬曰:『彼眾我寡,及其未既濟也,請擊之。』公曰:『不可。』既濟而未成列,又以告。公曰:『未可。』既陳而後擊之,宋師敗績,公傷股,門官殲焉。國人皆咎公,公曰:『君子不重傷,不禽二毛;古之為軍也,不以阻隘也;寡人雖亡國之餘,不鼓不成列。』子魚曰:『君未知戰。勍敵之人,隘而不列,天贊我也,阻而鼓之,不亦可乎?猶有懼焉。且今之勍者,皆吾敵也,雖及胡耉,獲則取之,何有於二毛?明恥教戰,求殺敵也。傷未及死,如何勿重?若愛重傷,則如弗傷;愛其二毛,則如服焉。三軍以利用也,金鼓以聲氣也,利而用之,阻隘可也,聲盛致志,鼓儳可也。』」合《春秋》與《左傳》而觀之,有關魯邾升陘之戰與宋楚泓之戰的記載,應當算是具體而詳贍了。

中國是世界上最有時間觀念的民族。希臘在西元前七世紀以前,還沒有確定的希臘年代 (Greek date),西元前七世紀甚至於六世紀,僅有極少確定的年代 ❸。中國則從西元前 841 年開始,就有了確定的年代,編年史也從此開始。《史記・十二諸侯年表》從周共和元年(西元前 841 年)起,逐年記載各國的大事,直到周敬王四十三年(西元前 477 年)止。接著〈六國年表〉從周元王元年(西元前 475 年)逐年記載,直到秦二世三年(西元前 207 年)止。漢以後各正史的本紀逐年甚至於逐月記載天下事,更不必細舉了。中國將發生的

---

❸ Herbert Butterfield, *The Origins of History*, p. 130: "'There is no well-established Greek date before the seventh century', while for the seventh century itself, or even for the sixth, there are still only a few."

事件，繫於確定的時間下，史學家又發展了一套敘事藝術 **❸**，於是中國史學著述所呈現者是具體而詳贍的敘事，看起來像是「瑣碎餖飣」，「中國人能做龐大的分類工作，能編纂驚人的百科全書，並且能出產他們數不盡的瑣碎餖飣的地方史，但是他們不能到達我們所謂的『綜合』的境界，他們沒有發展歷史解釋的藝術。」**❹** 西方史學家的訾議紛至，中國史學著述於是得了一個沒有綜合沒有解釋的劣評。實際上中國史學著述，不是沒有綜合，不是沒有解釋，只是不同於西方罷了（此有待用專文討論）。其「瑣碎餖飣」的敘事，則將史學推向康莊大道。瑣碎餖飣是具體詳贍的另一面。歷史上發生的事件，要將其具體而詳贍的記載下來，不如此，就不是什麼歷史了。具體詳贍，那能不流於瑣碎餖飣呢？西方有新識的學者，認為歷史事件，只有獨特性，沒有普遍性，歷史是個別事實的描述 **❹**。準此以言，瑣碎餖飣實際就是歷史的本色了。中國古代史學家在其史學著述裡，留下了大量瑣碎餖飣的事實，遂使其著述的地位，永不動搖。今日的新史學家，

---

❸ 參見拙著《與西方史家論中國史學》，頁 90-100。

❹ Herbert Butterfield, History and Man's Attitude to the Past, in *Listener*, 21 September, 1961: "The Chinese could perform a prodigious work of classification, could compile amazing encyclopaedias, and could produce their countless local histories, with further ramification of detail; but they could not reach what we should call a sythesis and they did not develop the art of historical explanation."

❹ Windelband's point of view, in R. G. Collingwood, *The Idea of History*, p. 166.

誰能寫一部新史記，取代《史記》的地位呢？誰能寫一部新
漢書，取代《漢書》的地位呢？新史學家用新方法新識見能
夠深一層瞭解中國先秦西漢的歷史，但無法用寫出的新史，
淘汰舊史。瑣碎餖飣的史實，將《史記》、《漢書》的地位穩
定住了。西方新史學家推出新希臘史新羅馬史後，舊希臘史
舊羅馬史的地位即動搖。孟蓀 (Theodor von Mommsen,
1817–1903) 的《羅馬史》出，李維的《羅馬史》差不多完全
被粉碎了。從這方面來比較，中西古代史學的異同優劣，應
是昭然在人耳目了。

中國古代史學著述的內容，具體詳贍以外，詳載優美的
辭令，經世的文章，為其另一特色。如《左傳》載晉使呂相
絕秦的辭令云：

「昔逮我獻公及穆公相好，勠力同心，申之以盟誓，
重之以昏姻。天禍晉國，文公如齊，惠公如秦。無祿，
獻公即世，穆公不忘舊德，俾我惠公用能奉祀於晉，
又不能成大勳，而為韓之師。亦悔於厥心，用集我文
公，是穆之成也。文公躬擐甲冑，跋履山川，踰越險
阻，征東之諸侯，虞夏商周之允，而朝諸秦，則亦既
報舊德矣。鄭人怒君之疆場，我文公帥諸侯及秦圍鄭，
秦大夫不詢於我寡君，擅及鄭盟，諸侯疾之，將致命
於秦，文公恐懼，綏靜諸侯，秦師克還無害，則是我
有大造於西也。無祿，文公即世，穆為不弔，蔑我死
君，寡我襄公，迭我殽地，奸絕我好，伐我保城，殄
滅我費滑，散離我兄弟，撓亂我同盟，傾覆我國家，

我襄公未忘君之舊勳，而懼社稷之隕，是以有殽之師。猶願赦罪於穆公，穆公弗聽，而即楚謀我。天誘其衷，成王隕命，穆公是以不克逞志於我。穆襄即世，康靈即位，康公我之自出，又欲闕翦我公室，傾覆我社稷，帥我蝥賊，以來蕩搖我邊疆，我是以有令狐之役。康猶不悛，入我河曲，伐我涑川，俘我王官，翦我羈馬，我是以有河曲之戰。東道之不通，則是康公絕我好也。及君之嗣也，我君景公引領西望曰：『庶撫我乎？』君亦不惠稱盟，利吾有狄難，入我河縣，焚我箕郜，芟夷我農功，虔劉我邊垂，我是以有輔氏之聚。君亦悔禍之延，而欲徼福於先君獻穆，使伯車來命我景公曰：『吾與女同好棄惡，復修舊德，以追念前勳。』言誓未就，景公即世，我寡君是以有令狐之會。君又不祥，背棄盟誓。白狄及君同州，君之仇讎，而我昏姻也，君來賜命曰：『吾與女伐狄。』寡君不敢顧昏姻，畏君之威，而受命於吏。君有二心於狄，曰：『晉將伐女。』狄應且憎，是用告我。楚人惡君之二三其德也，亦來告我，曰：『秦背令狐之盟，而來求盟於我，昭告昊天上帝、秦三公楚三王曰：「余雖與晉出入，余惟利是視。」不穀惡其無成德，是用宣之，以懲不壹。』諸侯備聞此言，斯是用痛心疾首，暱就寡人，寡人帥以聽命，惟好是求。君若惠顧諸侯，矜哀寡人，而賜之盟，則寡人之願也，其承寧諸侯以退，豈敢邀亂？君若不施大惠，寡人不佞，其不能以諸侯退矣。敢盡布之執事，俾執事實圖利之。」❷

這是優美到極致的辭令，也是一頁秦晉關係史。這類的辭令，在《左傳》中比比而是。到《史記》、《漢書》，擴展到遍載內容豐富、文辭燦爛的經世文章。其著者如屈原的〈懷沙賦〉，李斯的〈諫逐客書〉，鼂錯的〈言兵事疏〉、〈重農貴粟疏〉、〈募民徙塞下疏〉，賈誼的〈鵩鳥賦〉、〈弔屈原賦〉、〈過秦論〉、〈治安策〉，董仲舒的〈賢良對策〉，司馬相如的〈子虛賦〉、〈諭巴蜀檄〉、〈大人賦〉，司馬遷的〈報任安書〉，揚雄的〈反離騷〉、〈甘泉賦〉、〈河東賦〉、〈校獵賦〉、〈長楊賦〉、〈解嘲〉、〈解難〉，無一不是千古可以諷誦的文章，內容則大多關係經世濟民，以純文學姿態出現的，也寓有諷譏之旨，如果用「文章經國之大業，不朽之盛事」❹的觀念來衡量，這些都是經世的文章了（一般詔令奏疏尤多）。經世的文章存留在史學著述裡，等於保存人類的文明遺產，經世之略，怡神之文，由人類聰明智慧所產生者，一一隨青史而不朽，史學的境界至此，應當值得大書特書。

激烈戰爭的描述，也是中國古代史學著述的重要內容之一。如《左傳》描述齊晉鞌之戰云：

> 「郤克將中軍，士燮佐上軍，欒書將下軍，韓厥為司馬，以救魯、衛。臧宣叔逆晉師，且道之，季文子帥師會之。及衛地，韓獻子將斬人，郤獻子馳，將救之，至則既斬之矣。郤子使速以徇，告其僕曰：『吾以分謗也。』師從齊師於莘。六月壬申，師至於靡笄之下。齊

---

❹ 《左傳》成公十三年。

❹ 曹丕〈典論論文〉，見《昭明文選》。

侯使請戰曰：『子以君師辱於敝邑，不腆敝賦，詰朝請
見。』對曰：『晉與魯衛兄弟也，來告曰：「大國朝夕釋
憾於敝邑之地。」寡君不忍，使群臣請於大國，無令輿
師淹於君地，能進不能退，君無所辱命。』齊侯曰：『大
夫之許，寡人之願也。若其不許，亦將見也。』齊高固
入晉師，桀石以投人，禽之而乘其車，繫桑木焉，以
徇齊壘，曰：『欲勇者賈余餘勇。』癸酉，將戰於鞌。
邴夏御齊侯，逢丑父為右，晉解張御郤克，鄭丘緩為
右。齊侯曰：『余姑翦滅此而朝食。』不介馬而馳之。
郤克傷於矢，流血及屨，未絕鼓音，曰：『余病矣！』
張侯曰：『自始合而矢貫余手及肘，余折以御，左輪朱
殷，豈敢言病？吾子忍之！』緩曰：『自始合，苟有險，
余必下推車，子豈識之？然子病矣。』張侯曰：『師之
耳目，在吾旗鼓，進退從之。此車一人殿之，可以集
事。若之何其以病敗君之大事也。擐甲執兵，固即死
也。病未及死，君子勉之。』左并轡，右援枹而鼓，馬
逸，不能止，師從之，齊師敗績。」❹❹

《史記》描述項羽救鉅鹿的情況云：

「項羽已殺卿子冠軍，威震楚國，名聞諸侯。乃遣當
陽君、蒲將軍將卒二萬渡河，救鉅鹿。戰少利，陳餘
復請兵。項羽乃悉引兵渡河，皆沉船，破釜甑，燒廬
舍，持三日糧，以示士卒必死，無一還心。於是至則

---

❹❹　《左傳》成公二年。

圍王離，與秦軍遇，九戰，絕其甬道，大破之，殺蘇角，虜王離。涉閒不降楚，自燒殺。當是時，楚兵冠諸侯。諸侯軍救鉅鹿下者十餘壁，莫敢縱兵。及楚擊秦，諸將皆從壁上觀。楚戰士無不一以當十，楚兵呼聲動天，諸侯軍無不人人惴恐。於是已破秦軍，項羽召見諸侯將，入轅門，無不膝行而前，莫敢仰視。」❹⑤

描述垓下之戰則云：

「項王軍壁垓下，兵少食盡，漢軍及諸侯兵圍之數重。夜聞漢軍四面皆楚歌，項王乃大驚曰：『漢皆已得楚乎？是何楚人之多也！』項王則夜起，飲帳中。有美人名虞，常幸從；駿馬名騅，常騎之。於是項王乃悲歌忼慨，自為詩曰：『力拔山兮氣蓋世，時不利兮騅不逝。騅不逝兮可奈何？虞兮虞兮奈若何！』歌數闋，美人和之。項王泣數行下，左右皆泣，莫能仰視。
於是項王乃上馬騎，麾下壯士騎從者八百餘人，直夜潰圍南出，馳走。平明，漢軍乃覺之，令騎將灌嬰以五千騎追之。項王渡淮，騎能屬者百餘人耳。項王至陰陵，迷失道，問一田父，田父紿曰：『左』。左，乃陷大澤中。以故漢追及之。項王乃復引兵而東，至東城，乃有二十八騎。漢騎追者數千人。項王自度不得脫。謂其騎曰：『吾起兵至今八歲矣，身七十餘戰，所當者破，所擊者服，未嘗敗北，遂霸有天下。然今卒

困於此，此天之亡我，非戰之罪也。今日固決死，願
為諸君快戰，必三勝之，為諸君潰圍，斬將，刈旗，
令諸君知天亡我，非戰之罪也。』乃分其騎以為四隊，
四嚮。漢軍圍之數重。項王謂其騎曰：『吾為公取彼一
將。』今四面騎馳下，期山東為三處。於是項王大呼馳
下，漢軍皆披靡，遂斬漢一將。是時赤泉侯為騎將，
追項王，項王瞋目而叱之，赤泉侯人馬俱驚，辟易數
里。與其騎會為三處。漢軍不知項王所在，乃分軍為
三，復圍之。項王乃馳，復斬漢一都尉，殺數十百人，
復聚其騎，亡其兩騎耳。乃謂其騎曰：『何如？』騎皆
伏曰：『如大王言』。

於是項王乃欲東渡烏江。烏江亭長檥船待，謂項王曰：
『江東雖小，地方千里，眾數十萬人，亦足王也。願
大王急渡。今獨臣有船，漢軍至，無以渡。』項王笑曰：
『天之亡我，我何渡為！且籍與江東子弟八千人渡江
而西，今無一人還，縱江東父兄憐而王我，我何面目
見之？縱彼不言，籍獨不愧於心乎？』乃謂亭長曰：『吾
知公長者。吾騎此馬五歲，所當無敵，嘗一日行千里，
不忍殺之，以賜公。』乃令騎皆下馬步行，持短兵接戰。
獨籍所殺漢軍數百人。項王身亦被十餘創。顧見漢騎
司馬呂馬童，曰：『若非吾故人乎？』馬童面之，指王
翳曰：『此項王也。』項王乃曰：『吾聞漢購我頭千金，
邑萬戶，吾為若德。』乃自刎而死。王翳取其頭，餘騎
相蹂踐爭項王，相殺者數十人。」❹

---

❹ 同上。

這與希羅多德筆下描述的波斯色且斯王進攻希臘，波力比阿斯筆下描述的迦太基、羅馬之戰，真有異曲同工之妙。歷史的能風靡人群，這應是很重要的關鍵。分析的歷史出現，所有的故事褪色，歷史是否因此而失去人群呢？這就是新史學值得檢討的地方了。

描述戰爭以外，不時作各種現象的綜述，是中國古代史學著述最精采的內容：

「漢興，接秦之弊，丈夫從軍旅，老弱轉糧饢，作業劇而財匱，自天子不能具鈞駟，而將相或乘牛車，齊民無藏蓋。……至今上（指漢武帝）即位數歲，漢興七十餘年之間，國家無事，非遇水旱之災，民則人給家足，都鄙廩庾皆滿，而府庫餘貨財。京師之錢累巨萬，貫朽而不可校。太倉之粟，陳陳相因，充溢露積於外，至腐敗不可食。眾庶街巷有馬，阡陌之間成群。」❹

這是綜述漢初天下的窮困及漢武帝即位數歲後天下的富庶。

「殷以前尚矣。周封五等：公，侯，伯，子，男。然封伯禽、康叔於魯、衛，地各四百里，親親之義，褒有德也；太公於齊，兼五侯地，尊勤勞也。武王、成、康所封數百，而同姓五十五，地上不過百里，下三十

❹ 《史記・平準書》。

里，以輔衛王室。管、蔡、康叔、曹、鄭，或過或損。屬、幽之後，王室缺，侯伯彊國興焉，天子微，弗能正。非德不純，形勢弱也。

漢興，序二等。高祖末年，非劉氏而王者，若無功上所不置而侯者，天下共誅之。高祖子弟同姓為王者九國，唯獨長沙異姓，而功臣侯者百有餘人。自鴈門、太原以東至遼陽，為燕、代國；常山以南，大行左轉，度河、濟、阿、甄以東薄海，為齊、趙國；自陳以西，南至九疑，東帶江、淮、穀、泗，薄會稽，為梁、楚、淮南、長沙國：皆外接於胡、越。而內地北距山以東盡諸侯地，大者或五六郡，連城數十，置百官宮觀，僭於天子。漢獨有三河、東郡、潁川、南陽，自江陵以西至蜀，北自雲中至隴西，與內史凡十五郡，而公主列侯頗食邑其中。何者？天下初定，骨肉同姓少，故廣彊庶孽，以鎮撫四海，用承衛天子也。

漢定百年之間，親屬益疎，諸侯或驕奢，怵邪臣計謀為淫亂，大者叛逆，小者不軌於法，以危其命，殞身亡國。天子觀於上古，然後加惠，使諸侯得推恩分子弟國邑，故齊分為七，趙分為六，梁分為五，淮南分三，及天子支庶子為王，王子支庶為侯，百有餘焉。吳楚時，前後諸侯或以適削地，是以燕、代無北邊郡，吳、淮南、長沙無南邊郡，齊、趙、梁、楚支郡名山陂海咸納於漢。諸侯稍微，大國不過十餘城，小侯不過數十里，上足奉貢職，下足以供養祭祀，以蕃輔京師。而漢郡八九十，形錯諸侯間，犬牙相臨，秉其阨

塞地利，彊本幹，弱枝葉之勢，尊卑明而萬事各得其
所矣。」❹

　　這是綜述周以來迄於漢武帝時代封建諸侯的情況及天下
的形勢。

「故秦地於禹貢時跨雍、梁二州，詩風兼秦、豳兩國。
昔后稷封斄，公劉處豳，大王徙邠，文王作酆，武王
治鎬，其民有先王遺風，好稼穡，務本業，故豳詩言
農桑衣食之本甚備。有鄠、杜竹林，南山檀柘，號稱
陸海，為九州膏腴。始皇之初，鄭國穿渠，引涇水漑
田，沃野千里，民以富饒。漢興，立都長安，徙齊諸
田、楚昭、屈、景及諸功臣家於長陵。後世世徙吏二
千石、高訾富人及豪桀并兼之家於諸陵。蓋亦以彊幹
弱支，非獨為奉山園也。是故五方雜厝，風俗不純。
其世家則好禮文，富人則商賈為利，豪桀則游俠通姦。
瀕南山，近夏陽，多阻險輕薄，易為盜賊，常為天下
劇。又郡國輻湊，浮食者多，民去本就末，列侯貴人
車服僭上，眾庶放效，羞不相及，嫁娶尤崇侈靡，送
死過度。」❹

　　這是綜述秦地的歷史背景、富饒情形及風俗習慣。
　　以上的綜述，從表面上看，是所謂歷史敘事 (historical

---

❹　同書〈漢興以來諸侯王年表〉。

❹　《漢書・地理志》。

narrative)，但是骨子裡面，未嘗不是歷史解釋 (historical interpretation)。近代史學家為了歷史解釋，追求歷史上的通則 (generalization) ❺，也為通則是什麼這一問題，紛爭不已。實際上歷史上的通則，是貫通時間與空間的共同現象，與哲學、科學上的通則不同。漢初天下窮困，「自天子不能具鈞駟，而將相或乘牛車」；漢武帝即位數年後，天下富庶，「眾庶街巷有馬，阡陌之間成群」，在相同的地區，兩個時代的現象，各有其共同處，一為窮困，一為富庶，敘述出來，史學家的解釋就在其中了。敘述在一起，漢代歷史的轉變，就清楚呈現了。所以中國古代史學著述中的綜述，是一種歷史解釋，其中有史學家的分析與綜合。不管史學發展到什麼地步，這種綜述，不能在史學著述中消失。至於綜述的深淺與正確程度，則是另外的問題了。

---

❺ 參見 Peter Gay, *Style in History*, 1974, p. 190; M. I. Finley, "Generalization in Ancient History", in *Generalization in the Writing of History*, ed. by Louis Gottschalk, 1963, p. 20, p. 34; G. Kitson Clark, *The Critical Historian*, 1967, p. 24; H. Butterfield, *Man on His Past*, 1955, pp. 101–102 及拙著《史學方法論》，頁 222–225。

第六章　史學著述的成績
比較（下）

㈢史學著述的精神境界

　　史學著述所涉及的是林林總總的歷史事實，敘述這些歷史事實，須用文字。所謂「其事」、「其文」，是史學著述的兩大元素，缺一不可。「其事」、「其文」以外，史學著述還有一個精神境界，所謂「其義」❶。史學家為什麼傾畢生歲月，寫一部史學大著，一定有他的動機與目的，這就是史學著述的精神境界。沒有這種境界，史學著述將失去閃爍的光輝與珍貴的生命。

　　西方古代史學著述的精神境界之一，是探究真理（本書第三章所謂求真）。希羅多德進入過去探究，探究希臘人與外族互相攻擊的原因❷。修昔底德寫其大著，開創了一個新的

---

❶ 《孟子・離婁下》：「晉之《乘》，楚之《檮杌》，魯之《春秋》，一也。其事則齊桓、晉文，其文則史。孔子曰：『其義則丘竊取之矣』」。

❷ M. I. Finley, *The Use and Abuse of History*, p. 30: "We must still ask why Herodotus applied the word historia, which simply means 'inquiry', to an inquiry into the past. His own answer is given right at the beginning of his work: to preserve the fame of the great and wonderful actions of the Greeks and barbarians and to inquire into

真理標準，精確呈現事實，使一種記載，因為其真而永遠有價值❸。波力比阿斯極強烈的主張，史學家必須探究與闡釋原因與內在關係❹。於是希臘被認為是第一個民族，論及過去的事件，能具有科學風度 (scientific manner)，覺悟到事實本身必須考察❺。希臘於是沒有絕對的歷史，沒有確定的故事，只有推理的重建 (speculative reconstructions)。西方史學在希臘史學這種探究真理的傳統下，其成就遂傲視寰宇。

實用與教訓，是西方古代史學著述的另一精神境界。修昔底德認為曾經發生的正確知識，將會有用，其著史有極現實的目的：

---

the reasons why they fought each other."

❸ J. B. Bury, *The Ancient Greek Historians*, p. 81: "In his Introduction Thucydides announces a new conception of historical writing. He sets up a new standard of truth or accurate reproduction of facts, and a new ideal of historical research. ...He does not seek himself to furnish entertainment or to win a popular success, but to construct a record which shall be permanently valuable because it is true."

❹ Ibid., p. 199: "He (Polybius) insisted very strongly on the point that, in order to serve such pragmatical uses, a mere narrative of events is inadequate, and the historian must investigate and explain the causes and the inter-connections."

❺ Herbert Butterfield, *The Origins of History*, p. 118: "It is held that the Greeks were the first people to deal with the events of the past in anything like a scientific manner, realising that the facts themselves must be the subject of an investigation."

「他說：『曾經發生的正確知識，將會有用，因為按照人世的可能性 (human probability)，同樣的事情，將再發生。』這是第一次聲明歷史除了有滿足好奇或愛國心理的功能以外，有其不容置疑的實際功用，其所含教訓，足以教育政治家與軍事統帥。」❻

「修昔底德的歷史，意在教訓，基於過去的知識可以為將來作有用的指導。過去的知識使人們在行動中提高警覺，避免錯誤。」❼

「修昔底德也意味著他的歷史對政治家有用。」❽

　　用歷史指導將來，用歷史教育政治家與軍事家，比起滿足好奇或愛國心理，精神境界已是高出一等了。

　　波力比阿斯比修昔底德更注重實用與教訓的歷史，他憤

---

❻ J. B. Bury, *The Ancient Greek Historians*, p. 243: "The accurate knowledge of what has happened", he (Thucydides) says, 'will be useful, because, according to human probability, similar things will happen again'. This is the first statement of the opinion that history has another function than the satisfaction of curiosity or of patriotic pride, that it has a definite practical utility, that it contains lessons to instruct the statesman or the military commander."

❼ Michael Grant, *The Ancient Historians*, pp. 78–79: "Thucydides' history is designed to be instructive because a knowledge of the past will be a useful guide to the future. It will enable men to act more sensibly and to avoid mistakes."

❽ Ibid., p. 79: "Thucydides also meant his history to be useful to statesmen and politicians."

怒的拒絕歷史為娛樂而寫，或為滿足好古者而寫，或為地方奇異而寫；力主歷史必須在生活方面施教育❾；歷史是政治生活的學校與訓練地❿：

> 「來自歷史的知識是從事公務者的真正教育和最好的訓練；從他人的禍患我們可以清楚地學習，如何勇敢地承擔天命付予我們的成敗哀樂。」⓫
>
> 「祇有將過去的事情適應到我們目前的環境，我們才能有預測未來的方法和基礎；從過去我們能學習如何小心做事，如何大膽前進。」⓬
>
> 「知道過去不僅會使人心悅，而且也是十分必要的。我且舉三個例子來說明。假定一位政治家，第一，他的身體或他的國家受到了威脅；第二，他急於要推動一項政策，或準備對付敵人的攻擊；第三，他決定維持原狀。在這三種不同的情況中，唯有歷史能給他提

---

❾ Ernst Breisach, *Historiography, Ancient, Medieval & Modern*, 1983, p. 49: "Polybius angrily rejected history written for entertainment. ...or for the satisfaction of antiquarian or local curiosity. History must teach about life."

❿ R. G. Collingwood, *The Idea of History*, p. 35: "History, for him (Polybius), is worth studying not because it is scientifically true or demonstrative, but because it is a school and training-ground for political life."

⓫ Polybius, *The Histories*, 1.1, translated by E. S. Shuckburgh, Indiana University Press, 1962.

⓬ Ibid., 12–25a.

供先例；告訴他：對付第一種情況，他應如何取得支持和盟友；對付第二種情況，他應如何覓取合作；對付第三種情況，他應如何付予保守派更大的力量以維持現況。」❸

「有兩種方式可以改進人的生活——一是藉著自己的不幸，另一是藉著他人的不幸；前者印象深刻，後者痛苦較淺。因此，我們不該主動地選擇前一方式，因為它雖能使我們改進，卻也同時帶來很大的痛苦和危險；但該採取後一方式，因為我們可以不勞而獲。根據這些事實，我們應該同意，從研究真正歷史所得的經驗是實際生活的最好教育；因為唯有這種經驗，一方面既不會加害於我們，另一方面又能訓練我們在任何情況和環境下知道應採的對策。」❹

　　很明顯的波力比阿斯極端強調歷史的實用與教訓的價值，歷史能為政治家提供先例，研究真正歷史所得的經驗是實際生活的最好教育，這是以歷史作殷鑑的觀念。波氏著史，於是其意在提供教訓，他一再斷言，用他的方式寫成的歷史，一定有用❺。他也很自負的說：「我所選擇的題目和它的特殊

---

❸　Ibid., 3–31.

❹　Ibid., 1–35.
　　以上❶至❹的中文譯文，係根據王任光教授所譯者，見王氏〈波力比阿斯的史學〉一文（收入王任光、黃俊傑編《古代希臘史研究論集》）。

❺　Michael Grant, *The Ancient Historians*, p. 155: "Thucydides had

性質，已足夠引起老少讀我的書。……我也相信，任何一個人不會將別的事物或研究放在這件事之上。」❶

　　中國古代史學著述的精神境界，至孔子作《春秋》而大開：

> 「《春秋》之稱，微而顯，志而晦，婉而成章，盡而不汙，懲惡而勸善，非聖人誰能修之?」❶

> 「《春秋》之稱，微而顯，婉而辯，上之人能使昭明，善人勸焉，淫人懼焉，是以君子貴之。」❶

> 「《春秋》貴義而不貴惠，信道而不信邪。」❶

> 「君子不以親親害尊尊，此《春秋》之義也。」❷

> 「《春秋》為尊者諱，為親者諱，為賢者諱。」❷

> 「《春秋》內其國而外諸夏，內諸夏而外夷狄。」❷

> 「撥亂世，反諸正，莫近諸《春秋》。」❷

---

indicated that his work was intended as a permanent possession which would be of value to those who studied it. Polybius echoed the claim, adding more explicitly that his own work is designed to provide instruction. He asserts over and over again that history, in the way that he has written it, can be useful."

❶ Polybius, *The Histories*, 1.1.

❶ 《左傳》成公十四年，左丘明托之「君子曰」之言。

❶ 《左傳》昭公三十一年，左丘明托之「君子曰」之言。

❶ 《穀梁傳》隱公元年。

❷ 同上，文公二年。

❷ 《公羊傳》閔公元年。

❷ 同上，成公十五年。

「王者之迹熄而《詩》亡，《詩》亡然後《春秋》作。晉之《乘》，楚之《檮杌》，魯之《春秋》，一也。其事則齊桓、晉文，其文則史。孔子曰：『其義則丘竊取之矣。』」❷④

「昔者禹抑洪水而天下平；周公兼夷狄，驅猛獸，而百姓寧；孔子成《春秋》，而亂臣賊子懼。」❷⑤

「世衰道微，邪說暴行有作，臣弑其君者有之，子弑其父者有之。孔子懼，作《春秋》。《春秋》，天子之事也。是故孔子曰：『知我者其惟《春秋》乎？罪我者其惟《春秋》乎？』」❷⑥

「吳楚之君自稱王，而《春秋》貶之曰子；踐土之會，實召周天子，而《春秋》諱之曰天王狩於河陽。推此類以繩當世貶損之義，後有王者，舉而開之，《春秋》之義行，則天下亂臣賊子懼焉。」❷⑦

「周道衰廢，孔子為魯司寇，諸侯害之，大夫壅之。孔子知言之不用，道之不行也，是非二百四十二年之中，以為天下儀表，貶天子，退諸侯，討大夫，以達王事而已矣。子曰：『我欲載之空言，不如見之於行事之深切著明也。』夫《春秋》，上明三王之道，下辨人事之紀，別嫌疑，明是非，定猶豫，善善惡惡，賢賢

---

❷③　同上，哀公十四年。

❷④　《孟子·離婁上》。

❷⑤　《孟子·滕文公下》。

❷⑥　同上。

❷⑦　《史記·孔子世家》。

賊不肖，存亡國，繼絕世，補敝起廢，王道之大者也。」❷
「撥亂世，反之正，莫近於《春秋》。《春秋》文成數
萬，其指數千。萬物之散聚皆在《春秋》。《春秋》之
中，弒君三十六，亡國五十二，諸侯奔走不得保其社
稷者不可勝數。察其所以，皆失其本已。故《易》曰：
『失之豪釐，差以千里。』故曰：『臣弒君，子弒父，
非一旦一夕之故也，其漸久矣。』故有國者不可以不知
《春秋》，前有讒而弗見，後有賊而不知。為人臣者不
可以不知《春秋》，守經事而不知其宜，遭變事而不知
其權。為人君父而不通於《春秋》之義者，必蒙首惡
之名。為人臣子而不通於《春秋》之義者，必陷簒弒
之誅，死罪之名。其實皆以為善，為之不知其義，被
之空言而不敢辭。夫不通禮義之旨，至於君不君，臣
不臣，父不父，子不子。夫君不君則犯，臣不臣則誅，
父不父則無道，子不子則不孝。此四行者，天下之大
過也。以天下之大過予之，則受而弗敢辭。故《春秋》
者，禮義之大宗也。」❷

　　從《春秋》三傳、孟子、董仲舒、司馬遷等較早的解釋
《春秋》之說，清楚的看出《春秋》之所以作，有其深義，
「懲惡而勸善」，是其深義；「撥亂世，反諸正」，是其深義；
「內諸夏而外夷狄」，是其深義；「為尊者諱，為親者諱，為
賢者諱」，是其深義。於是「禮義之大宗」在《春秋》；「《春

---

❷　司馬遷轉述董仲舒之言，見《史記・太史公自序》。

❷　同上。

秋》之義行，則天下亂臣賊子懼」；「上明三王之道，下辨人事之紀，別嫌疑，明是非，定猶豫，善善惡惡，賢賢賤不肖，存亡國，繼絕世，補敝起廢」，《春秋》之義，已幾於王道之大。然則孔子作《春秋》的精神境界，比起西方古代史學著述的精神境界，是另有一番天地了：同樣以實用與教訓為目的，而一則止於用歷史教育政治家與軍事家，用歷史的經驗作為實際生活的指導，一則到達以歷史維持人類文明的境界。用歷史維持人類文明，自然要講究書法，所謂「《春秋》之稱，微而顯，婉而辯」，「《春秋》之稱，微而顯，志而晦，婉而成章，盡而不汙」，是《春秋》書法；所謂「內諸夏而外夷狄」，「為尊者諱，為親者諱，為賢者諱」，是《春秋》書法。《春秋》書法，使中國的褒貶史學應運而出。「別嫌疑，明是非，定猶豫，善善惡惡，賢賢賤不肖，存亡國，繼絕世」，是清清楚楚的一套褒貶史學；被認為有乖直筆而受盡訾議的「為尊者諱，為親者諱，為賢者諱」，站在以維持人類文明為任務的褒貶史學立場來看，是未可厚非的。《春秋》為賢者諱，齊桓晉文，皆錄其功，以其功足以使人慕❸⓪；一定搜出齊桓晉文

---

❸⓪　劉基《郁離子》卷上〈論史〉云：「郁離子曰：嗚呼！吾今而後知以訐為直者之為天下後世害不少也！夫天之生人，不恆得堯舜禹湯文王以為之君，然後及其次焉，豈得已哉？如漢之高祖，唐之太宗，所謂間世之英，不易得也。皆傳數百年，天下之生，賴之以安，民物蕃昌，蠻夷嚮風，文物典章可觀，其功不細，乃必搜其失而斥之，以自夸大，使後世之人，舉以為詞，曰：若是者亦足以受天命，一九有？則不師其長，而效其短，是豈非以訐為直者之流害哉！或曰：史直筆也，有其事則直書之，天下之公也，夫奚訐？郁離子曰：是儒生之嘗言，而非孔子之

的過失而痛斥之，以訐為直，則將率天下而無可師法稱頌之人，世風之靡，又豈堪想像？以訐為直，不為尊者親者諱，則人心又怎能問？所以《春秋》書法褒貶之學，使中國的史學，到達一最高境界，人類文明，賴以維持。孔子以後的中國史學家，大致皆尊奉孔子之教不渝。這是西方古代史學所未曾到達的一個境界。到達此境界，歷史才有真價值。

訓也。孔子作《春秋》，為賢者諱，故齊桓晉文，皆錄其功，非私之也；以其功足以使人慕，錄其功而不揚其罪，慮人之疑之，立教之道也。故《詩》《書》皆孔子所刪，其於商周之盛王，存其頌美而已矣。」

第七章　從雙方的比較論中國古代史學的世界地位

　　西方的初祖希臘人與羅馬人，被認為是寫歷史的民族 (history-writing peoples)，舉世欽羨的西方史學，自此發源；希羅多德、修昔底德、波力比阿斯 (Polybius, c. 200–118 B. C.)、塔西塔斯 (Tacitus, 56–120 A. D.) 等希臘、羅馬史學家，於是成為世界馳名的大史學家。二千年以前，西方世界有此史學盛況，無異奇蹟。所以當五十年以前中國史學家將司馬遷與希羅多德比較在一起時❶，已使人有攀附的感覺；即使在今天，論定中國先秦、兩漢的史學與西方希臘、羅馬的史學相頡頏，已是到了極限之論。西方古代史學地位的崇高，已到了不可撼動的地步。

　　中國史學家趙翼於聽到西洋音樂後，以詩寫其感想云：

　　　「始知天地大，到處有開闢。人巧誠太紛，世眼休自窄，域中多墟拘，儒外有格物。」❷

　　這是極具真理的一首詩，於儒家以外，看到天地開闢之

---

❶　鄧嗣禹有〈司馬遷與希羅多德 (Herodotus) 之比較〉一文，載於中央研究院《歷史語言研究所集刊》第二十八本，民國四十五年十二月出版。

❷　趙翼《甌北集》卷七〈同北墅漱田觀西洋樂器〉。

大。由此推論，獨領風騷二千年的西方古代史學，與中國古代史學比較以後，其地位已不再獨尊；中國先秦、兩漢的史學，在很多方面，已超越了希臘、羅馬史學。以下就前面六章所作的比較，略論中國古代史學的世界地位。

(一)研究史學的起源，從中國最能得到令人興奮的發現

西方近代史學家認為刺激歷史記錄的在最初不是對過去發生興趣，不是所謂歷史的興趣，希臘思想界且錮蔽於反歷史的趨勢之中。西方所恃以傲世的史學搖籃希臘，其史學地位的低微如此。反觀中國，則另是一番氣象。中國自遠古時代起，設立了及時記載天下事的史官，這是破世界記錄的。中國史官的記事，起源於歷史的興趣，是為了綿延歷史。史官為保留真歷史，每冒生命危險。史學家根據史官的記錄以寫成的歷史，為垂鑑戒，也為存往事。為歷史而歷史，史學上的理想境界，在中國的古代即已出現了。這是世界史學的珍貴遺產，值得舉世重視。

(二)史學上的紀實與求真，中西古代各領風騷

中國在古代，史學上的紀實，即已出現。史官直書，「君舉必書」，「書法不隱」，是紀實；良史「善序事理，辨而不華，質而不俚，其文直，其事核，不虛美，不隱惡」，也是紀實。極早出現的史官記事制度，以及學術界瀰漫的「多聞闕疑，

慎言其餘」的闕疑原理，使史學上的紀實，如泉湧而出。西方的古代，史學中未曾出現闕疑，史學家寫史，大用修辭學的方法，於虛空中想像，而不求文獻的根據，以致西方必待十九世紀以後，才出現「暴陳往事真相」的史學格言。如此比較起來，在史學的紀實方面，西方落於中國之後，已不待深辨。

史學上的求真，在中國與西方的古代，同時出現，而所到達的境界，西方超越中國。西方古代隨著懷疑理性主義的出現，求真的史學理論，放射異彩。如希臘史學家即覺悟到事實本身必須考察，而且為求真而避免過度的褒貶。羅馬史學家則倡言歷史的第一鐵律為不懼披露真理，第二鐵律為勇敢的披露全部真理。這是史學求真理論的極大發揮。中國《尚書》中「曰若稽古」四字，是稽考故實之意。荀子所謂博學、審問、慎思、明辨、篤行，是求真的方法論。韓非子不相信儒墨的真堯舜，而提出參驗之說，是求真的真知灼見。所以在中國的古代，凡事求真，為一普遍現象，於是史學上求真的考據學便誕生了。惟中國儒家盛倡「為親者諱」，「為賢者諱」，「為尊者諱」，「為中國諱」，遂使中國史學上的求真，蒙上了陰影，而不能企及於西方。

(三)中西古代史學著述，根據的材料絕異

中國記事的史官，留下了大量文獻材料。西方未有史官，文獻材料缺乏。到西元前五世紀時，希臘史學家寫史，不得不遵守「寧信口頭傳說而不取文字證據的原則」。希羅多德主

要根據口頭傳說以寫成其大著《波斯戰史》。修昔底德撰寫《伯羅邦內辛戰史》，進一步認為直接觀察和目擊者的口頭報導比文字證據更為可取。到羅馬時代，雖然文獻材料已比希臘時代豐富，但是史學家仍然沿襲希臘傳統，主要採用口頭傳說以寫成其歷史。中國古代的幾部史學鉅著，如《尚書》、《春秋》、《左傳》、《史記》、《漢書》，皆以堅實的文獻材料作根據。詳瞻浩博的《史記》、《漢書》，更是文獻的淵海。中西古代史學著述所根據的材料不同如此，孰優孰劣，昭然若揭。

(四)中西古代史學著述的範圍，不盡相同，內容亦異

西方古代史學著述的範圍，在時間上以近代史與現代史為界限，在實質上以政治史與軍事史為經緯，約略觸及文化史與世界史的邊緣。中國古代史學著述的範圍，就時間上講，已從近代史、現代史擴展至貫穿數千年的通史，其近代史也非限於數十年的時間，往往長至數百年之久；政治史、軍事史以外，更擴大到經濟史、社會史與學術文化史的範圍；史學家也將眼光及於所知的整個世界，而世界史出現。

中西古代史學著述的範圍不同如此，其內容遂相殊異。西方古代史學著述的內容，其精采處，盡在政治與軍事方面。其寫及波斯與希臘的戰爭，迦太基與羅馬的戰爭，皆生動曲折而撼人心弦；其陳述政治性與軍事性的演詞及文告，皆波瀾壯闊而內容精湛。中國古代史學著述的內容，則具體而詳瞻的呈現歷史萬象，政治、軍事以外、社會、經濟、學術、

文化，皆一一涉及，所載優美的辭令，經世的文章，尤增特色。如此比較，其不同可見。

㈤中西古代史學著述的精神境界，各有開闊

西方古代史學著述的精神境界之一，是探究真理。希臘被認為是第一個民族，論及過去的事件，能具有科學的風度；於是希臘沒有絕對的歷史，沒有確定的故事，祇有推理的重建。西方史學在希臘史學這種探究真理的傳統下，其成就遂傲視寰宇。

實用與教訓，是西方古代史學著述的另一精神境界。修昔底德認為曾經發生的正確知識，將會有用。其著史，目的在用歷史指導將來，用歷史教育政治家與軍事家。波力比阿斯進一步主張歷史必須在生活方面施教育，歷史是政治生活的學校與訓練地。

中國古代史學著述的精神境界，另是一番天地。孔子作《春秋》，「上明三王之道，下辨人事之紀，別嫌疑，明是非，定猶豫，善善惡惡，賢賢賤不肖，存亡國，繼絕世，補敝起廢」，這是以歷史維持人類文明的境界，於是《春秋》講究書法。所謂「《春秋》之稱，微而顯，志而晦，婉而成章，盡而不汙」，是《春秋》書法；所謂「內諸夏而外夷狄」，「為尊者諱，為親者諱，為賢者諱」，是《春秋》書法。《春秋》書法，使中國的褒貶史學，應運而興。「別嫌疑，明是非，定猶豫，善善惡惡，賢賢賤不肖，存亡國，繼絕世」，是清清楚楚的一套褒貶史學。《春秋》使中國的史學，到達了以歷史維持人類

文明的境界。這是一個崇高的境界，完全呈現出歷史的真價值。

第八章　餘　論

(一)

　　中國是一個留戀過去的民族，認為愈是古代，愈是理想的時代。葛天氏之民，生活最美好，堯舜時則開創以天下相揖讓的局面，風俗亦由淳樸漸至澆譌。因此史學家是相信歷史退化的，歷史的發展，每況愈下。歌頌古代，成為史學家的自然心聲。「尊古而卑今」❶，「疑今者察之古，不知來者視之往」❷，春秋戰國時代的風氣已如此。

　　「人類歷史是從黃金時代一直下降的故事，此一主張，在西方史學中會反應出來。」❸「在遙遠的古代，有『黃金時代』的觀念出現，當其時，『無蛇，無蠍，無恐懼，無恐怖，人類無爭。』」❹「希臘人和猶太人都幻想在世界之初有一黃

---

❶　《莊子‧外物》：「夫尊古而卑今，學者之流也。」

❷　《管子‧形勢》。

❸　Ernst Breisach, *Historiography, Ancient, Medieval & Modern*, p. 8: "The assertion that human history is the story of a decline from a Golden Age would reverberate throughout western historiography."

❹　Herbert Butterfield, *The Origins of History*, p. 34: "There emerges the notion of a 'golden age' in the distant past—a time when 'there was no snake, there was no scorpion...there was no fear, no terror.

金時代。」❺西方的古代，與中國一樣，也出現了尊古卑今的
觀念。

　　尊古卑今，是史學出現的一個極為重要的條件。發思古
的幽情，是在尊古卑今的觀念下而產生的。中西古代同樣出
現尊古卑今的觀念，於是同時出現史學。「私心自用，而不師
古」，史學又怎能出現？

（二）

　　沈剛伯師在〈古代中西的史學及其異同〉一文中說：

　　「我國古人雖認為『天命靡常』，人該『敬天之威』，
但並沒有把天看成冷酷無情，成見一定，便絕對不變
的主宰，而卻始終堅信人的運命是掌握在自己手中。
……人憑著自由的意志和行為，進則可以『參天地之
化育』，退亦能『格天心』、『回天意』，而轉禍為福於
一念之間。此之謂『吉凶在人』、『人定勝天』，因為天
是沖虛無私，有感斯應的。因此我們的一部歷史全是
『興衰在人』的記載，偶而涉及天命，也純是『天視
自我民視，天聽自我民聽』的寫照。」❻

Man had no rival.'"

❺　Arnaldo Momigliano, History and Biography, in Moses Finley,
　　ed., *The Legacy of Greece: A New Appraisal*, p. 181: "Both
　　Greeks and Jews shared the illusion of an initial Golden Age."

❻　見《沈剛伯先生文集》上集，頁57。

　　這是說明中國的歷史記載，全是人事的記載，偶而涉及天命，也是人事的寫照。以《春秋》為例，《春秋》記人事，兼記天變，以天變關係人事；以《漢書》為例，《漢書‧五行志》所載，天象每一變，必驗一事，天人息息相關，載天象全為人事。然則中國從古代起，就有了一套人文主義的史學 (humanistic historiography) 了。史學家「上明三王之道，下辨人事之紀」，史學家也時刻不忘「究天人之際，通古今之變，成一家之言。」❼ 這種歷史的人文主義 (historical humanism)，瀰漫了中國的古代，於是人文主義的史學，變成中國古代史學的一大特色 ❽。

　　西方古代史學，也是充滿人文主義色彩的。有西方歷史祖父之稱的赫卡代阿斯，審查神話敘事，已開始了一種趨勢，只接受人類理性所能認可者。數十年後，安圖住斯 (Antiochus of Syracuse，西元前五世紀的史學家) 已在蒐集希臘神話傳說中「最清晰與最可信的元素」了 ❾。希羅多德相信個人是歷史的推動力量 ❿，雖然他仍然尊重神諭 (oracle) ⓫；對於怪誕

---

❼　司馬遷〈報任安書〉，載於《漢書‧司馬遷傳》。

❽　關於中國史學中的人文傳統，可參看余英時《歷史與思想》(聯經出版公司，民國六十五年初版)，頁 173–176。

❾　Ernst Breisach, *Historiography, Ancient, Medieval & Modern*, p. 31: "With the sifting of mythical accounts by Hecataeus of miletus had begun the trend to accept only accounts of the past which human reason could approve of. Decades later, Antiochus of Syracuse had searched for the 'clearest and most convincing elements' in the Greek mythical tradition."

❿　Michael Grant, *The Ancient Historians*, p. 57: "He (Herodotus)

的神話傳說，他具有批評的精神。修昔底德則認為神永遠不直接影響人類事件的運行，他只由人類生活結構所產生的力量以解釋戰爭 ⓬。因此大體上講，希臘史學以及羅馬史學，是人文主義的，「敘述人的歷史，敘述人的事業、人的目的、人的成敗的歷史。雖然接受了神的力量，但是這種力量的作用極為有限。神的意志顯現在歷史中是少之又少，尤其是在那些最好的史學家之中，只被視為用來輔助人類的意志，而使其在有失敗的危機中得到成功。對於人類事務的發展，神沒有自己的計劃，祇是對人類的計劃賜予成功或註其失敗而已。這也就是為什麼在對人類行為本身作徹底分析中，可以發現成敗的理由，傾向於完全摒除諸神，而代以純粹人類活動的人格了。……這種傾向，最後的發展，是去尋求所有歷史事件的人為因素，無論是個別的或共同的人類行為。隱藏在其下的哲學觀念，是認為人類的意志，是自由選擇自己的目標，而它追求之中所獲得的成功，只是受自己的力量和智

---

was convinced that the individual is the driving-force of history."

⓫ 參見 Michael Grant, *The Ancient Historians*, p. 55 及李弘祺〈希羅多德及其「波希戰史」〉一文（收入王任光、黃俊傑編《古代希臘史研究論集》）。

⓬ Ernst Breisach, *Historiography, Ancient, Medieval & Modern*, pp. 14–15: "According to Thucydides the gods never directly influenced the course of human events. ...His interpretation of war and empire relied on forces which originated in the structure of human life. Passions, miscalculations, and overreaching ambitions doom humans and their accomplishments. Of gods, Thucydides felt, he need not speak."

力所限制，智力是用來了解目標並想出獲得成就的方法。這表示歷史上所發生的任何事，是人類意志的直接的結果。」 **⑬**

---

⑬ R. G. Collingwood, *The Idea of History*, pp. 40–41: "Greco-Roman historiography as a whole...is humanistic. It is a narrative of human history, the history of man's deeds, man's purposes, man's successes and failures. It admits, no doubt, a divine agency; but the function of this agency is strictly limited. The will of the gods as manifested in history only appears rarely; in the best historians hardly at all and then only as a will supporting and seconding the will of man and enabling him to succeed where otherwise he would have failed. The gods have no plan of their own for the development of human affairs; they only grant success or decree failure for the plans of men. This is why a more searching analysis of human actions themselves, discovering in them alone the grounds for their success or failure, tends to eliminate the gods altogether, and to substitute for them mere personifications of human activity. ...The ultimate development of this tendency is to find the cause of all historical events in the personality, whether individual or corporate, of human agents. The philosophical idea underlying it is the idea of the human will as freely choosing its own ends and limited in the success it achieves in their pursuit only by its own force and by the power of the intellect which apprehends them and works out means to their achievement. This implies that whatever happens in history as a direct result of human will." 中文譯文方面，參用黃宣範及黃超民的譯文（黃宣範譯 Collingwood 的 *The Idea of History* 一書，譯名為《歷史的理念》，民國七十年由聯經出版公司印行；黃超民譯為《史意》，民國五十八年由正文出版社印行）。

天與神的觀念，瀰漫人類的上古時代。中國與西方上古時代的史學，則從此類觀念中解脫出來，而創出人文主義的史學，這是人類史學的一個理想的開始。天與神或者物質佔據了歷史，歷史將完全變質，而失去其應有的特色與價值。

(三)

歷史是人群的歷史，撰寫歷史的是屬於人群之一的史學家。史學家在中西古代的地位如何呢？

西方史學家柯靈烏 (R. G. Collingwood, 1889–1943) 在論及希臘史學家僅寫所見所聞的歷史時，曾經說：「在此意義層次下，幾乎可以說，古代的希臘，沒有史學家，僅有藝術家與哲學家；沒有人傾畢生精力研究歷史；史學家僅為其時代的自傳家，而自傳不是一種職業。」❹ 希臘如此，羅馬亦然。西方古代史學家的地位，遠不如藝術家、哲學家崇高，專業的史學家絕無僅有，將軍們解甲歸里了，政客們心血來潮了，於是秉筆以寫歷史；歷史的垂留，於是很有偶然性。這種事實，西方近代史學家坦然承認。他們驚訝的說：「沒有另外一個民族像中國人那樣，擁有一個接一個的連續不絕的史學家 (historical writers)。」❺ 他們也說中國史學家扮演的角色，「其功能很早被承認」，史學家且「獲得聲名，頗為獨立。」❻

<hr/>

❹ R. G. Collingwood, *The Idea of History*, p. 17.

❺ Hegel 在其大著《歷史哲學》(*Philosophy of History*) 一書中如此說，轉引自 Herbert Butterfield, *The Origins of History*, p. 139.

❻ Herbert Butterfield, *The Origins of History*, p. 140.

　　中國古代史學家在社會上確實有崇高獨立的地位（說見第二章），其數目尤難縷數。為數相當可觀的史官以外，幾乎所有的文人學者，從廣義方面來講，都是史學家。如果古學出於史官之論 **❼** 可信，六經皆史、諸子皆史之說 **⓮** 不誣，那麼中國古代的學術，無疑是總匯於史學了，史學家於是就無往而不在了。班固撰《漢書》未成，其妹班昭續之，傑出的女史學家，於是在中國古代，就悠然出現於世人之前了。

　　「孔子聖人，作《春秋》，辱於魯衛陳宋齊楚，卒不遇而死；齊太史氏兄弟幾盡；左丘明紀春秋時事以失明；司馬遷作《史記》，刑誅；班固瘐死。……夫為史者，不有人禍，則有天刑。」 **⓯** 中國古代史學家的遭遇，其悽慘之情，令人凜然。西方希臘時代的幾位大史學家，像希羅多德、修昔底德、錫諾芬、波力比阿斯等，遭遇也很滄涼，不是被放逐，就是不得已外出漫遊 **⓴**。史學家傾其智慧，竭其心力，奮筆寫史，而遭遇悽慘、滄涼如此！然而「寧為蘭摧玉折，不作瓦礫長

⓱　劉師培有〈古學出於史官論〉（《國粹學報》一卷四期，1905 年），〈補古學出於史官論〉（《國粹學報》第十七期，1906 年）兩文論及之。

⓲　六經皆史與諸子皆史之說，章學誠與龔自珍主之最力。詳見章氏《文史通義》與龔氏〈古史鉤沉論〉。

⓳　韓愈《韓昌黎文外集》上卷〈答劉秀才論史書〉。

⓴　Arnaldo Momigliano, *Essays in Ancient & Modern Historiography*, p. 174: "In Greece the 'great' historians were almost invariably excites or at least expatriates (Herodotus, Thucydides, Xenophon, Theopompus, Callisthenes, Timaeus, Polybius, Posidonius)."

存。」❷史學家的高風亮節，可以諷詠千古；中西古代史學家又皆有燦爛的文才，左氏之筆，班馬之文，萬古常新；希羅多德的文章，溫柔優雅，修昔底德的史筆，簡明雄健❷，人類長存，則其文永垂，這也應當是中西古代史學家的無限安慰了。

---

❷ 劉知幾，《史通・直書》。

❷ 參見 A. D. Momigliano, The Place of Herodotus, in the History of Historiography, in A. D. Momigliano, *Studies in Historiography*, pp. 134–135.

參考書目

甲、中文部分

㈠專　書

惠棟，《周易述》，中華書局，四部備要本。

《詩經》，新興書局影印，岳珂相臺五經本。

孫星衍，《尚書今古文注疏》，中華書局，四部備要本。

孫詒讓，《周禮正義》，中華書局，四部備要本。

胡培翬，《儀禮正義》，中華書局，四部備要本。

朱彬，《禮記訓纂》，中華書局，四部備要本。

陳立，《公羊義疏》，中華書局，四部備要本。

鍾文烝，《穀梁補注》，中華書局，四部備要本。

洪亮吉，《春秋左傳詁》，中華書局，四部備要本。

劉寶楠，《論語正義》，世界書局，新編諸子集成本。

焦循，《孟子正義》，世界書局，新編諸子集成本。

正先謙，《荀子集解》，世界書局，新編諸子集成本。

陸賈，《新語》，世界書局，新編諸子集成本。

王符，《潛夫論》，世界書局，新編諸子集成本。

荀悅，《申鑒》，世界書局，新編諸子集成本。

秦維聰，《李耳道德經補正》，中州古籍出版社，1987 年。

郭慶藩，《莊子集釋》，世界書局，新編諸子集成本。

戴望，《管子校正》，世界書局，新編諸子集成本。

嚴萬里，《商君書新校正》，世界書局，新編諸子集成本。

王先慎，《韓非子集解》，世界書局，新編諸子集成本。

孫詒讓，《墨子閒詁》，世界書局，新編諸子集成本。

《呂氏春秋》，世界書局，新編諸子集成本。

《淮南子》，世界書局，新編諸子集成本。

王充，《論衡》，世界書局，新編諸子集成本。

《國語韋氏解》，世界書局。

《戰國策》，上海古籍出版社。

方詩銘、王修齡，《古本竹書紀年輯證》，華世出版社。

瀧川龜太郎，《史記會注考證》，洪氏出版社。

班固，《漢書》，藝文印書館，景印長沙王氏刻本。

范曄，《後漢書》，藝文印書館，景印長沙王氏刻本。

荀悅，《漢紀》，商務印書館，萬有文庫本。

劉勰，《文心雕龍》，商務印書館，四部叢刊本。

嚴可均輯，《全上古三代秦漢三國六朝文》，中華書局。

劉知幾，《史通》，九思出版公司。

馬其昶，《韓昌黎文集校注》，上海古籍出版社。

鄭樵，《通志》，新興書局，影印殿本。

劉基，《郁離子》。

顧炎武，《日知錄》，明倫出版社，原抄本。

趙翼，《廿二史箚記》，湛貽堂原刻本。

趙翼，《甌北集》，湛貽堂原刻本。

錢大昕，《潛研堂文集》，潛研堂本。

崔述,《考信錄》，上海古籍出版社，在崔東壁遺書內。

章學誠,《文史通義》，華世出版社。

章學誠,《章氏遺書》，漢聲出版社，影印劉承幹嘉業堂本。

龔自珍,《龔自珍全集》，河洛出版社。

梁啟超,《中國歷史研究法》，商務印書館，1922 年初版。

梁啟超,《中國歷史研究法補編》，商務印書館，1933 年初版。

柳詒徵,《國史要義》，中華書局，1948 年初版。

楊樹達,《漢書窺管》，上海古籍出版社，1984 年（初問世於 1955 年，由中國科學出版社出版。）

吳福助,《史漢關係》，曾文出版社，1975 年初版。

陳直,《漢書新證》，天津人民出版社，1959 年初版。

張心澂,《偽書通考》，明倫出版社，1971 年再版。

張舜徽,《中國歷史要籍介紹》，湖北人民出版社，1955 年初版。

余英時,《歷史與思想》，聯經出版公司，1976 年初版。

沈剛伯,《沈剛伯先生文集》，中央日報，1981 年初版。

顧立三,《司馬遷撰寫史記採用左傳的研究》，正中書局，1980 年初版。

屈萬里,《先秦文史資料考辨》，聯經出版公司，1983 年初版。

方東美,《原始儒家道家哲學》，黎明文化公司，1983 年初版。

杜維運,《史學方法論》，三民書局，1979 年初版，1999 年增訂十三版。

杜維運,《與西方史家論中國史學》，東大圖書公司，1981 年初版。

杜維運,《聽濤集》，弘文館出版社，1985 年初版。

杜維運、黃進興編《中國史學史論文選集一、二》，華世出版社，1976 年初版。

杜維運、、陳錦忠編《中國史學史論文選集三》，華世出版社，
　　1980 年初版。

李弘祺等，《史學與史學方法論集》，食貨出版社，1980 年初版。

杜正勝編，《中國上古史論文選集》，華世出版社，1979 年初版。

陳清泉等編，《中國史學家評傳》，中州古籍出版社，1985 年初
　　版。

㈡專　文

劉師培，〈古學出於史官論〉，《國粹學報》第一卷第四期，1905
　　年。

劉師培，〈補古學出於史官論〉，《國粹學報》第十七期，1906 年。

王國維，〈釋史〉，《觀堂集林》卷六。

朱希祖，〈史官名稱議〉，《說文月刊》三卷八期，1942 年 9 月。

鄧嗣禹，〈司馬遷與希羅多德 (Herodotus) 之比較〉，《歷史語言
　　研究所集刊》第二十八本，1956 年 12 月。

勞榦，〈史字的結構及史官的原始職務〉，《大陸雜誌》十四卷三
　　期，1957 年 12 月。

胡適，〈說「史」〉，《大陸雜誌》十七卷十一期，1958 年 12 月。

戴君仁，〈釋「史」〉，《文史哲學報》十二期，1963 年 11 月。

李宗侗，〈史官制度——附論對傳統之尊重〉，《文史哲學報》十
　　四期，1965 年 11 月。

沈剛伯〈說「史」〉，《大華晚報・讀書人》，1970 年 12 月 17 日。

徐復觀，〈原史——由宗教通向人文的史學的成立〉，《新亞學
　　報》十二卷，1977 年 8 月。

朱雲影，〈中國史學對於日韓越的影響〉，《大陸雜誌》二十四卷

九、十、十一期，1962 年 5–6 月。

沈剛伯，〈古代中西史學的異同〉，《徵信新聞》，1964 年 10 月
　　12 日。

沈剛伯，〈古代中西的史學及其異同〉，1965 年 8 月東海大學演
　　講稿。

余英時，〈章實齋與柯靈烏的歷史思想──中西歷史哲學的一
　　點比較〉，（收入余著《歷史與思想》）。

王任光，〈波力比阿斯的史學〉，《臺大歷史學報》第三期，1976
　　年。

㈢譯　著

李美月，《希羅多德波希戰史之研究》，正中書局，1977 年初版。

王任光、黃俊傑編，《古代希臘史研究論集》，成文出版社，1979
　　年初版。

李弘祺編譯，《西洋史學名著選》，時報出版公司，1982 年初版。

邢義田譯著，《西洋古代史參考資料㈠》，聯經出版公司，1987
　　年初版。

郭聖銘編，《西方史學史概要》，上海人民出版社，1983 年初版。

紹特韋爾著，何炳松、郭斌佳譯，《西洋史學史》，商務印書館，
　　1930 年初版。

班茲著，何炳松譯，《史學史》，商務印書館，1965 年臺一版。

柯靈烏著，黃超民譯，《史意》，正文出版社，1969 年初版。

柯靈烏著，黃宣範譯，《歷史的理念》，聯經出版社，1981 年初
　　版。

卡耳著，王任光譯，《歷史論集》，幼獅文化公司，1968 年初版。

佩基·史密斯著，黃超民譯，《歷史家與歷史》，商務印書館，
　　1977 年初版。

漢默頓編，何寧、賴元晉編譯，《西方名著提要》，商務印書館，
　　1987 年初版。

乙、西文方面

㈠專　書

Herodotus, *History of the Persian Wars*, tran. George Rawlinson,
　　Random House, 1942.

Thucydides, *History of the Peloponnesian War*, tran. Rex Warner,
　　Penguin Books, 1954.

Xenophon, March into the Interior, in M. I. Finley, *The Portrait
　　Greek Historians*, The Viking Press, 1959.

Xenophon, *The Persian Expedition*, tran. Rex Warner, Penguin
　　Books, 1949.

Polybius, *The Histories*, tran. Evelyn S. Schuckburgh, Indiana
　　University Press, 1962.

Julius Caesar, *The Conquest of Gaul*, tran. S. A. Handford,
　　Penguin Books, 1951.

Julius Caesar, *The Civil War*, tran. Jane F. Gardner, Penguin
　　Books, 1967.

Sallust, *The Jugurthine War*, tran. S. A. Handford, Penguin Books,
　　1963.

Sallust, *The Conspiracy of Catiline*, tran. S. A. Handford, Penguin Books, 1963.

Livy, *The Early History of Rome*, tran. Aubrey de Sélincourt, Penguin Books, 1960.

Livy, *The War with Hannibal*, tran. Aubrey de Sélincourt, Penguin Books, 1965.

Tacitus, *The Annals of Imperial Rome*, tran. Michael Grant, Penguin Books, 1956.

Tacitus, *The Histories*, tran. Kenneth Wellesley, Penguin Books, 1964.

Plutarch, *Makers of Rome*, tran. Ian Scott-Kilvert, Penguin Books, 1963.

Plutarch, *Fall of the Roman Republic*, tran. Robin Seager, Penguin Books, 1958.

Plutarch, *The Age of Alexander*, tran. Ian Scott-Kilvert, Penguin Books, 1973.

J. B. Bury, *The Ancient Greek Historians*, 1908; 1959 (Dover Publications).

G. P. Gooch, *History and Historians in the Nineteenth Century*, Longmans, 1913.

H. A. L. Fisher, *A History of Europe*, Arnold, 1936.

H. E. Barnes, *A History of Historical Writing*, Okla, 1937, Dover Press, 1962.

Allan Nevins, *The Gateway to History*, 1938; revised edition, 1962.

J. W. Thompson, *A History of Historical Writing*, Macmillan,

1942.

R. G. Collingwood, *The Idea of History*, Oxford University Press, 1946.

Marc Bloch, *The Historian's Craft*, tran. Peter Putnam, Alfred A. Knopf, 1954.

M. A. Fitzsimons, A. G. Pundt and C. E. Nowell, *The Development of Historiography*, Stackpole, 1954.

Herbert Butterfield, *Man on His Past: The Study of the History of Historical Scholarship*, Cambridge University Press, 1955.

E. G. Pulleyblank, *Chinese History and World History*, Cambridge University Press, 1955.

Fritz Stern, ed., *The Varieties of History: From Voltaire to the Present*, Meridian Books, 1956.

J. Barzun and H. F. Graff, *The Modern Researcher*, 1957; revised edition, Harourt, Brace & World, 1970.

Burton Watson, *Ssu-ma Ch'ien: Grand Historia of China*, Columbia University Press, 1958.

E. H. Dance, *History the Betrayer: A Study in Bias*, Hutchinson, 1960.

W. G. Beasley & E. G. Pulleyblank, ed., *Historians of China and Japan*, Oxford University Press, 1961.

E. H. Carr, *What is History?*, Macmillan, 1961.

Louis Gottschalk, ed., *Generalization in the Writing of History*, The University of Chicago Press, 1963.

M. L. W. Laistner, *The Greater Roman Historians*, University of California Press, 1963.

F. E. Adcock, *Thucydides and His History*, Cambridge University Press, 1963.

Alan Richardson, *History Sacred and Profane*, 1964.

Page Smith, *The Historian and History*, Knopf, 1964.

Arnold J. Toynbee, *Greek Historical Thought*, Mentor Books, 1965.

A. D. Momigliano, *Studies in Historiography*, Weidenfeld & Nicolson, 1966.

W. P. Henry, *Greek Historical Writing*, Argonaut Inc., 1966.

G. K. Clark, *The Critical Historian*, Heinemann, 1967.

G. R. Elton, *The Practice of History*, Cambridge University Press, 1967.

John Lukacs, *Historical Consciousness*, Harper, 1968.

B. C. Shafer, ed., *Historical Study in the West*, Appleton, 1968.

C. A. Robinson, ed., *Selections from Greek and Roman Historians*, Holt, Rinehart and Winston, 1968.

Stephen Usher, *The Historians of Greece and Rome*, University of Oklahoma Press, 1969.

J. H. Plumb, *The Death of the Past*, Macmillan, 1969.

Arthur Marwick, *The Nature of History*, Macmillan, 1970.

Michael Grant, *The Ancient Historians*, Weidenfeld & Nicolson, 1970.

E. H. Dance, *History for a United World*, Harrap, 1971.

Sir H. Butterfield, Cho Yun Hsu & William H. McNeill on *Chinese and World History*, The Chinese University of Hong Kong, 1971.

M. M. Postan, *Fact and Relevance*, Cambridge University Press, 1971.

Peter Gay, ed., *Historians at Work*, Harper & Row, 1972.

Peter Gay, *Style in History*, Jonathan Cape, 1974.

Beryl Smalley, *Historians in the Middle Ages*, Thames & Hudson, 1974.

M. I. Finley, *The Use and Abuse of History*, Chatto & Windus, 1975.

A. D. Momigliano, *Essays in Ancient & Modern Historiography*, Blackwell, 1977.

A. D. Momigliano, *The Classical Foundations of Modern Historiography*, University of California Press, 1990.

Herbert Butterfield, *The Origins of History*, Basic Books, 1981.

M. A. Fitzsimons, *The Past Recaptured: Great Historians and the History of History*, University of Notre Dame Press, 1983.

Michael Crawford, ed., *The Sources for Ancient History*, Cambridge University Press, 1983.

Ernst Breisach, *Historiography, Ancient, Medieval & Modern*, The University of Chicago Press, 1983.

Dzo Ching-Chuan, *Sseu-ma T'sien et C'historiographie Chinoise*, Publications Orientalistes de France, 1978.

John van Seters, *In Search of History*, Yale University Press, 1983.

㈡專 文

Leopold von Ranke, Preface: Histories of the Latin and Germanic Nations from 1494–1514, in Fritz Stern's *The Varieties of History*.

Herbert Butterfield, History and Man's Attitude to the Past, in *Listener*, 21 September, 1961.

Herbert Butterfield, The History of the East, in *History*, Vol. XLVII, No. 160, June, 1962.

Herbert Butterfield, Universal History and the Comparative Study of Civilization, in Sir Herbert Butterfield Cho Yun-Hsu & William H. McNeil on *Chinese and World History*.

M. I. Finley, Generalizations in Ancient History, in M. I. Finley, *The Use and Abuse of History*.

Arnald Momigliano, History and Biography, in Moses Finley, ed., *The Legacy of Greece: A New Appraisal*, Oxford University Press, 1981.

中文索引

──限於史學名詞、書名及學者之名──

英文索引

A

B

C

D

E

佛教與素食
康　樂／著

雖說「酒肉穿腸過，佛祖心中留」，但是當印度的素食觀傳入中國變成全面的禁斷酒肉，肉食由傳統祭祀中重要的一環，反成為不潔的象徵。從原始佛教的不殺生到中國僧侶的茹素，此一演變的種種關鍵為何？又是什麼樣的力量左右了這一切？

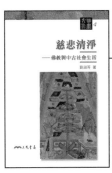

慈悲清淨 —— 佛教與中古社會生活
劉淑芬／著

你知道嗎？早在西元六世紀的中國，就已經出現了有如今日「慈濟功德會」一樣的民間團體。他們本著「夫釋教者，以清淨為基，慈悲為主」的理念，施濟於貧困中的老百姓，一如當代的「慈濟人」。透過細膩的歷史索隱，本書將帶您走入中古社會的佛教世界，探訪這一道當時百姓心中的聖潔曙光。

疾病終結者 —— 中國早期的道教醫學
林富士／著

金爐煉丹，煉出了孫悟空的火眼金睛，也創造了中國傳統社會特有的道教醫理。從修身道士到救世良醫，從煉丹養生到治病救疾，從調和陰陽的房中術到長生不老、羽化升仙的追求，道教醫學看似神秘，卻是中國人疾病觀與身體觀的重要根源。

公主之死 —— 你所不知道的中國法律史
李貞德／著

丈夫不忠、家庭暴力、流產傷逝 —— 一個女人的婚姻悲劇，牽扯出一場兩性地位的法律論戰。女性如何能夠訴諸法律保護自己？一心要為小姑討回公道的太后，面對服膺儒家「男尊女卑」觀念的臣子，她是否可以力挽狂瀾，為女性爭一口氣？

歷史天空

在廣闊無邊的晴空中，
尋找對歷史最純真的渴望

古代中國文化講義
葛兆光／著

身在現代，而去認識古代中國的歷史，就像參加旅遊一樣。過去的古代中國文化論著，好比按一定行程規劃路線的旅行團，本書走的卻是「自助旅遊」的方式，帶著地圖穿越小徑，走過市集，我們可以看到另一個古代中國文化。作者為你繪製了一幅古代中國文化的地圖，讓你能依靠自己的閱讀和體驗，了解古代中國的文化和傳統。準備好了嗎？讓我們一起去古代中國旅行吧！